文春文庫

耳袋秘帖

妖談うつろ舟

風野真知雄

文藝春秋

耳袋秘帖　妖談うつろ舟●目次

序　章　曲亭馬琴　7
第一章　幽霊から盗んだ男　11
第二章　白蛇の家　63
第三章　幽霊を食った男　116
第四章　乙姫さま　156
第五章　消える男　203
終　章　世はうつろ舟　253

耳袋秘帖　妖談うつろ舟

序章　曲亭馬琴

うつろ舟の伝説――。

それは江戸時代に端《たん》を発し、現代にいたるまで奇妙な謎とされている。

江戸の人たちに広く知られるようになったきっかけは、江戸最大の戯作者・曲亭《きよくてい》馬琴《ばきん》が編纂した『兎園《とえん》小説』の「うつろ舟の蛮女」という文章にあった。

以下、それを記述しよう。


享和三年（一八〇三）、春二月二十二日（旧暦）のお昼ごろのこと。

常陸国《ひたちのくに》のはらやどりという浜の沖に、舟のようなものが見えた。

住人たちは多くの小舟を出し、この舟を浜辺まで曳いてきた。

舟は、お香を焚《た》くときに使う入れもののような、丸いかたちをしていた。長さはおよそ三間《さんげん》(約五・五メートル)。

上半分はガラスの障子《しょうじ》のようになっていて、松やにで塗り固められている。底のほうは鉄の板を段々に筋のように張って、海底の岩に当たっても、砕けないようにしたらしい。

上の透き通ったところから中をのぞくと、異様な恰好の女が一人いた。

眉と髪の毛は赤く、顔は桃色で、後頭部には白い入れ髪が背中まで長く伸びていた。それは獣の毛か、糸を撚《よ》ったものなのか、誰にもわからなかった。

言葉も通じないから、どこから来たのか、問うことすらできない。

女はおよそ二尺(約六十センチ)四方の箱を抱えていて、よほど大切なものなのか、ひとときも放そうとはせず、人も近づかせなかった。

舟の中のものをあれこれ調べたが、水が二升ほど小瓶に入っていて、敷き物が二枚、それから菓子のようなものと、肉を練ったような食べものもあった。

女は、住人たちが集まって評議するのを、のんびり見つめていた。

村の古老が言うに、

「この女は異国の王の娘ではないか。それが不貞《ふてい》を働き、相手は殺され、この女は死を免れ、海に流された。だから、箱の中に入っているのは、不貞の相手の首に違いない」と。

以前にも、同じような異国の女が乗ったうつろ舟が近くの浜に漂着し、その中にはまな板のようなものに載った、人の首があったという。

このことがお上に知れたりするのはまずく、以前も海に追い返したというので、もう一度、女を舟に乗せ、沖まで曳いていき、流してしまった。

もう少し仁《じん》の気持ちがあれば、そこまではしないだろうが、女の不幸というほかない。

舟には異国の文字がいろいろ書かれてあった。あとで思えば、最近、浦賀《うらが》の沖に係留されたイギリス船にもこうした文字があった。女はイギリス、ベンガル、もしくはアメリカなど外国の王の娘と考えられなくもない。

以上が、当時の話である。

絵も何枚かは残っているが、あまりにも大雑把でいい加減なものである。

もし、このできごとをもっと詳しく知っている人がいたら、ぜひ教えていただきたいものである。（現代語訳・省略箇所あり）

この文章が発表されたのは、一八二五年のこと、つまりじっさいのできごとからは二十二年も経過してしまっている。

ただし、うつろ舟が現われたのと同じころ、いちはやくこのできごとを伝える瓦版が出まわったらしい。

また、うつろ舟が目撃されたのも一カ所だけではなく、常陸国ばかりか安房国《あわのくに》あたりにも出現したという。

おりしも、露西亜《ロシア》の船が日本の近海にしばしば出没し、幕府を悩ませたころである。うつろ舟も露西亜の探査艇のようなものではないかと考える人も多い。

だが、このような奇怪な舟が、探査の仕事に適していたとは到底思えないし、女が一人で乗っていたというのもわからない話である。

あるいは、一部のマニアが主張するように、まさに他の星から来た未確認飛行物体ででもあったのか。

うつろ舟の謎は、いまだに解き明かされていない。

第一章　幽霊から盗んだ男

一

南町奉行所本所深川回《ほんじよふかがわ》り同心《どうしん》の椀田《わんだ》豪蔵《ごうぞう》は、この半月ほど相次いだ付け火の警戒のため、今宵も深川をざっと二回りほどしてきた。付け火はもっぱら神田から日本橋界隈で発生していて、まだ大川を越えたものはない。

奉行所内では、おそらく下手人に土地鑑《とちかん》がないのだろうという意見が多い。だが椀田は、地元だからこそ顔見知りに会ったりするので、付け火を避けているだけではないかと睨《にら》んでいる。

むしろ、深川住まいの男が臭いと。

ただ、それだと犯行現場をとっ捕まえるということはできない。そのため、夜遅くにもどって来る怪しげな男を訊問しつづけている。

七月（旧暦）も上旬。夏真っ盛りである。

歩いていただけでも、汗まみれになってしまった。

――そこらの湯屋で汗を流してから、小力《こりき》の顔でも見に行こうか。

顔を見ると言っても、声をかけ、ちょっとした話をするくらいである。機嫌がいいと、家に入れてくれて、茶の一杯もごちそうしてくれる。だが、それは小女もいる一階だけで、小力が寝る二階には上げてもらえない。

小力のことは、去年の春あたりからずっと口説きつづけているが、いっこうになびく気配はない。

「見知らぬ猫だって、もうちょっとなついてるぞ」

と、愚痴るくらいである。

同僚の芸者に訊くと、小力は近ごろ、妙な神信心をしているらしい。それも心配である。

仙台堀《せんだいぼり》に架かった上之橋《うえのはし》の近くまで来て、

――ん？

椀田は足を止めた。

十二日のうっすらとした月明かりの下でさほどはっきりは見えないが、誰かが倒れている。

いや、小声で唄をうたっているので、酔っ払いらしい。

ただ、気になったのは酔っ払いではない。

近くに、もう一人、男が立っている。そのようすが、なんとなくおかしいのだ。

思案気である。月夜の酔っ払いを見て、なにをそんなに思案することがあるのだろう。発句でもひねろうというのか。

暑き夜は酔って倒れて野宿かな

頭の中で下手な句をひねりながら、椀田はそっと木陰に隠れた。

立っている男は、あたりを窺《うかが》うようにすると、酔っ払いに近づき、わきにひざまずくようにした。

なにか二言三言話したようだが、声は聞こえない。

すると、男は酔っ払いの巾着《きんちゃく》からすばやく銭を抜いたのである。

「あの野郎」

こそ泥のような盗みだが、見過ごすわけにはいかない。

男はもう歩き出している。

「おい、待て」

「あっ」

男は椀田を見ると小さく叫び、逃げようとした。

「なんで逃げる？」

「だって、わたしは町方に追われるようなことはしてませんよ」

月明かりの下でも、羽織に着流し姿で同心とわかったのか。腰に差した十手が光っていたかもしれない。

「いいから待て」

椀田はほんの十間《じっけん》（約十八メートル）ほど追いかけて、捕まえた。

「痛たたた」

いきなり刺されたりしないよう、腕をねじり上げ、懐《ふところ》を探った。刃物も持っておらず、無腰である。

「このへんの者かい？」

「いえ、わたしは旅人のようなものでして」

「旅人？」

椀田は男をじっと見た。十二日の月明かりだが、顔立ちくらいはぼんやりわかる。

なんとなく変な雰囲気の男である。

歳は五十くらいか、もっと若くも見えるし、角度によっては年寄りにも見える。

顔は髭《ひげ》におおわれている。総髪で、髷《まげ》は結っておらず、後ろで束ねただけである。

会ったことはないはずだが、よく似た男とは会った気がした。それが誰だったかは思い出せない。もしかしたら、人相書かなんかで見たのだろうか。

「おめえ、いま、酔っ払いの懐から銭をくすねやがったな？」

「滅相もない。いつ、わたしが？」

「しらばっくれるんじゃねえ。おいらははっきり見たんだぜ」

「あ、この銭のことですか」

たもとから銭を出した。三十文ほどである。

「それを盗んだだろうが、酔っ払いから」

「いや、それは誤解です」

「なにが誤解だ？」

男はさっきの橋のたもとを指差すようにして、

「同心さま、あれは酔っ払いじゃありません」

「死人だったとでも言うのか」

「死んだのには違いありません」

「そんなわけはねえ。唄もうたっていただろうが」

「あ、はい、わたしの言い方がまずかったです。あいつは、死人というより、幽霊、だったんですよ」

声を低め、一語ずつ区切るようにして言った。

「幽霊？」

背中につぅーっと冷たいものが走った。

そういえば聞いたことのない唄だった。あれはあの世の唄だったのか。

「そう。それで、幽霊なのになぜか巾着を持っていて、わたしにくれたのです」

「ふざけるな」

「じゃあ、たしかめてくださいよ」

男がまた橋のほうを指差したので、椀田は男の腕を摑んだまま、そちらに向かった。

「ん？」

「ほらね」

と、男は言った。

酔っ払いはいなくなっていたのだ。

椀田は左右を見回した。人影はない。前は大名屋敷の壁、後ろは川の縁。ほかに行きようがない。

「だって、さっきの男、足が、なかったでしょ。足、ありました？　足ですよ。足、ありました？」

　言われてみると、そんな気がする。足という言葉が繰り返されたが、足についてはまったく浮かんでこない。この男の言葉には奇妙な説得力があって、なんだかそう思わせられる感じがある。

「昨夜もここにいたんです。その前の晩もです。それで通りかかったわたしが、介抱《かいほう》しようとしたら、すうっと消えたんです。ところが今宵は、声をかけますと、お礼だ、取っといてくれと、巾着を出したんです」

　男は真面目《まじめ》な顔で話している。

「行き倒れになった幽霊なのかな、と思いました。そのときは誰も助けてくれなかったが、わたしが声をかけ、介抱してやろうとしたので、そのお礼をくれるつもりだったのかなと」

「お礼？」

　この男の話を聞いているうち、そんなこともあるような気がしてきた。

「はい。だが、これは同心さまにお返しします。どこかで供養《くよう》してやってください」

「供養って」

「じゃあ、わたしはこれで」

男は椀田のわきをすり抜けて歩き出した。

「え?」

うっかり丸め込まれそうになった。

「おい、待てよ」

とりあえず佐賀町《さがちょう》の番屋《ばんや》に連れて行った。

二

「椀田さま。どうなさいました?」

顔見知りの番太郎が訊いた。

「うん、ちょっとな。そっちの部屋を貸してもらえるか?」

佐賀町の番屋は大きな建物になっていて、六畳ほどの土間の両側に六畳の畳敷きの部屋と、やはり六畳ほどの板の間がある。椀田が指差したのは、板の間のほうである。

「それはいいですが、板の間のほうは風通しが悪いから暑いですよ」

「いいんだ。長くはかからねえだろう」

椀田はそう言って、男の背中を押した。

しょせんは微罪である。

話を聞き、名前と住まいを確かめたら、叱りつけるくらいで帰してやろうと思っていたら、番屋に入るとすぐ、呼子《よびこ》の音《ね》が聞こえてきた。

「なんだ、おい？」

「捕物騒ぎですよ」

「こいつを預かっておいてくれ。まだ、訊きてえことがあるんだ」

椀田はそう言って、呼子の音がするほうに走った。

永代橋《えいたいばし》の近くである。

橋の下の河岸のところで、御用提灯が一つ揺れていた。

「どうした、どうした？」

手前に武士が一人と、提灯を持った橋番がいた。武士のほうは、根岸《ねぎし》家の家来である宮尾玄四郎《みやおげんしろう》だった。

「宮尾じゃねえか」

「おう、椀田か」

いつもはどこかふざけたような笑みを浮かべるのに、今宵はめずらしく真面目な顔をしている。

「どうしたんだ？」

「怪しいのを問《と》い質《ただ》したら、いきなり剃刀《かみそり》を振り回してな」

なるほど着物の胸から腹にかけて、すっぱり裂かれていた。

「わたしが刃物が苦手なことは知ってるだろ？」

「克服したんじゃなかったのか？」

天井から吊るした剃刀の下に寝て、恐怖に慣れる稽古までしていたはずである。

「いきなり出されるとまだ駄目なんだ」

「手裏剣があるだろうよ」

宮尾は手裏剣の名手である。

「すでに野郎の足の後ろに刺さってるよ。だが、ここまで逃げて来て、ああして喚《わめ》いてやがるんだ」

男は川の縁に立ち、

「それ以上、近づいたら、首を斬って川に入るからな！」

と、甲高《かんだか》い声で言った。

「なに、したんだ？」

椀田は小声で訊いた。

「たぶん、火付けの下手人だよ」

宮尾も小声で答えた。

「ほう」

奉行所が総出で追っている下手人を、思わぬやつが見つけたらしい。

「懐炉《かいろ》を持ってたんだ。問い詰めると、剃刀を出しやがった」

「わかった。なんとか、生かしたまま、捕まえようぜ」

橋番が吹いたらしいさっきの呼子のせいで、近くから番太郎や町役人《ちょうやくにん》なども出て来ている。

「来るな！　来たら、死ぬぞ！」

男は喚いた。あまり人が来ると、ますます興奮してしまうだろう。

「わかった。まずは落ち着け。あいつらには来ないように言ってくるから」

椀田は男にそう言って、

「なんでもねえ。下がれ、下がれ」

大声で言いながら、駆けつけて来た連中を押し戻した。

「ほら、誰も来ないぞ。だから、落ち着け」

と、宮尾が言った。

「おれはなにもしてねえ！　あんたが変に疑いをかけるからだ！」

「ああ、わたしも悪かった。ゆっくり話を訊けばよかったんだ」

宮尾はいつもの調子のいい口ぶりでそう言った。

「そうだよ」

「でも、剃刀はどうしたんだよ。ふつうはそんなもの、持ち歩かねえだろ？」

「おれは床屋なんだ」

「あ、床屋か。だったら剃刀は商売道具だ」

「そうさ。それを怪しいみたいに言いやがって！」

そんなことは言っていない。宮尾が見咎《みとが》めたのは懐炉であって、剃刀なんか持っているのには気がつかなかった。

だが、ここは相手の言うのに耳を傾けないといけない。

宮尾はこういうとき、思い切り、幇間《ほうかん》みたいに卑屈な調子になる。

「ほんとだ。そうか、床屋の親方だったか。腕もよさそうだし、今度、わたしも月《さか》代《やき》を当たってもらおうかな」

「誰がおめえなんかの」

男がそう言ったとき、急に川の中から手が伸びて、男の足をむんずと摑んだ。足首が手首に見えてしまうくらい大きな手である。椀田が離れたところから大川に潜り、男の後ろに回っていたらしい。

「うわっ」

男は驚いて叫んだが、そのまま足を引っ張られ、川に落ちた。

しばらく水の中でもがいている気配があったが、

「げほっ、げほっ」

男はむせながら、岸にもどろうとする。そこを、椀田が後ろ手にねじり上げながら、岸へ押し上げた。

「一丁上がりだ」

火付けの警戒には、同心の栗田次郎左衛門《くりたじろうざえもん》も、さらには根岸家の家来である坂巻《さかまき》弥三郎《やさぶろう》も駆り出されていた。

坂巻の担当は霊岸島《れいがんじま》。

そこで人けの少ない町人地のあたりを、浪人者めいた恰好で歩き回っていた。

——暑い日の付け火ってのは、やるほうも暑いだろうに。

うんざりしながらも、生真面目な坂巻は、手を抜くことをしない。

大川沿いの稲荷河岸《いなりがし》に出てきたとき、対岸の深川で笛の音がした。

御用の提灯も揺れている。

——なにかあった……。

急いで駆け出そうとしたとき、前から歩いてきた武士とぶつかりそうになった。

互いに提灯を持っていない。

「ご免」

軽く詫びてすれ違おうとすると、

「坂巻ではないか?」

声がかかった。

「え?」

足を止めて振り返る。

「わしだ」

「お師匠さま?」

「ひさしぶりだ」

「これは、これは。江戸に戻って来られたのですか?」

「うむ。二年ほど前からな」

「そうでしたか」

坂巻は嬉しそうに言った。

小田《おだ》林蔵《りんぞう》。坂巻の剣の師匠である。二天一流。剣祖はあの宮本武蔵《みやもとむさし》。

坂巻は安房の田舎で偶然にこの男と知り合い、江戸に出て来る前の二年間、みっちり稽古をつけてもらった。

本来なら、安房の田舎で弟子を取るような人ではない。

じっさい、数年前までは江戸で門弟を百人ほど持つ道場を経営していたらしい。

だが、剣の道に迷いが生じ、常陸から上総《かずさ》、安房と、旅をしていた途中、坂巻と出逢ったのだった。

小田は浜辺に出て剣を振っていた。

二刀流である。

それを遠くから見ていた坂巻は驚いた。付け込む隙がまったく見当たらないのだ。

地元の道場に通い、年若ながらもその天分を絶賛されていた坂巻が、その見事さに一目で魅了され、

「教えていただけませんか？」

と、願い出たのだった。

小田は近くに粗末な小屋を借り、大自然と向き合いながら、ひたすら剣を振りつづけているとのことだった。

旅の途中で弟子を取る気はないという答えだったが、木刀で立ち合った坂巻に教え甲斐を見出《みいだ》したらしく、通ってくれれば手ほどきはするということになったのだった。

「そなた、いまも根岸家に？」

と、小田は訊いた。あの当時はまだ若く、根岸家の正式な家来ではなかったが、ちょうど一通り教えを受けたころ、江戸の根岸家に行く話が決まったのだった。

「はい」

「根岸どのはいま、町奉行だろう？」

「そうです。わたしも捕物の手伝いをさせてもらっています」

「それであっちの騒ぎに駆けつけようとしたのか」

小田は対岸に目をやった。

「たぶん火付け騒ぎの下手人が見つかったのでしょう」

「早く行かなくていいのか？」

「ええ。行ってみます。お師匠さまの連絡先は？」

「神田のほうで仮住まいをしている」

「近々、南町奉行所のほうに訪ねて来てください。わたしの部屋でゆっくり話でも」

「よいのか？」

「ぜひ。お待ちしています」

坂巻はそう言って、深川に向かって駆け出した。

三

せっかく坂巻が対岸から駆けつけたときは、大勢の野次馬もいなくなって、下手人は茅場町《かやばちょう》の大番屋へと連れて行かれるところだった。

「坂巻。わざわざ駆けつけてくれたのに、悪いな」

宮尾が嬉しそうに言った。

「あんたが捕まえたのか？」

「椀田に手伝ってもらったが、見つけたのはわたしなんだ」

「ほう。そいつはお手柄だった」

坂巻は安心したような顔をし、一足先に奉行所に帰って行った。

いざ捕まったら、男は神妙な態度だった。

「このところの火付けはすべてあたしがやりました」

と、涙を流しながら認めた。

火付けなので、火盗改《かとうあらた》めのほうに引き渡し、椀田と宮尾は奉行所にもどった。

途中、宮尾が、

「おれたち、金一封かな」

と、嬉しそうに言った。

「どうかな」

椀田も根岸からの褒美を期待してしまう。褒美目当てに働くわけではないが、褒美はやっぱり嬉しい。

「切られた着物の代金くらいは出るよな」

「それは請求したら出るさ」

「なあ、椀田。褒美の額を多めにしてもらいたかったら、ここは謙虚な態度を示したほうがいいかもしれないな」

「謙虚な態度ってなんだよ？」

「互いに手柄を譲り合うとかだよ」

「わかった。それで行こう」

策略はまとまった。

南町奉行根岸肥前守《ひぜんのかみ》鎮衛《やすもり》は、一足先に帰っていた同心から報告を受けていたらしく、

「よう。二人ともお手柄だったそうだな」

と、椀田と宮尾に声をかけてきた。

「いや、宮尾の手柄です。おいらはたいしたことは」

「そんなことはないです。椀田が最後を締めくくってくれなかったら、どうなっていたかわかりません」

二人が言うのに、

「あっはっは。なんかわざとらしいな。もしかして金一封を期待しているのか？」

と、根岸は笑った。

「いや、その」

「くれるとおっしゃるなら断わりはしませんが」

お見通しである。

「うむ、あとで与力と相談しておくよ。ところで、宮尾は現行犯でもないのに、よく訊問で引っかけたな？」

「ええ。永代橋のたもとにいたら、西詰のほうからちょっと苛立ったような顔の男が来まして、ああいうやつが憂《う》さ晴《ば》らしに火付けをするんだろうなと思ったんです。それで、声をかけたのですが、やたらと汗を流してましてね」

「今宵は暑かったからな」

「でも、橋の上は川風が来てましたからね。それで、懐のあたりをのぞくと、なんか晒《さら》しに包んだものを入れていたんです」

「晒しに？」

「ええ。確信があったわけではないんですが、それは懐炉じゃないのかと訊いた途端でした。いきなり剃刀を出すと、斬りつけてきたのです」

「そこを斬られたのか？」

根岸は、一尺（約三十センチ）近く斬られた着物を指差した。

「ええ。怪我はまったくありませんが、胆《きも》が冷えました」

「そりゃあ着物代もいるな？」

「あ、助かります」

「うむ。与力には金一封に足しておくように言っておくよ。ま、疲れただろう。帰って休め」

根岸がそう言ったとき、

「あ」

椀田が忘れていたことを思い出した。

「どうした？　椀田も着物を駄目にしたか？　大川に飛び込んだというしな」

「いやいや、それは大丈夫です。ほかに一人、忘れてました」

「忘れた？」

「妙なやつを捕まえまして、番屋に連れて行ったとき、ちょうど宮尾の騒ぎがありまして、そのままうっちゃっておきました」

「なんだ？」

根岸に言うほどの悪事ではない。が、根岸が喜びそうな話である。

「じつは……」

と、幽霊から盗んだと言い張る男の顚末《てんまつ》を根岸に話した。

途中から根岸の大きな耳がひくひく動きだし、

「ほう。面白いではないか」

「やっぱりそう思われましたか」

「そいつは酔っ払いではなかった」

と、根岸は決めつけるように言った。

「まだ、はっきりはしませんが」

「幽霊でもないわな」

「そりゃあ、幽霊では」

「では、なんだ？」

根岸は訊いた。こんなふうな訊き方をするということは、すでに答えが出ているのだ。

「腹痛でも起こしてたんですかね」

「だが、凄い勢いで逃げたってことだろう？」

「御前《ごぜん》、わき道に入ったってことはありませんか？」

と、宮尾が言うと、

「いや、あそこらはよく知ってるんだ。わき道なんざありゃしねえよ」

椀田が否定した。

「ということは、病でもない。凄い速さで走って逃げられるなら、少なくとも倒れ込むほど酔ってもいなかった――ということになるよな?」

と、根岸は言った。

「あ、そうですね」

「そこは人の通りはあるんだろう?」

「ええ。橋のたもとですので」

「うむ。かならず橋を渡る者はいるからな。しかも、目立つところに倒れていた」

「はい」

「黙って倒れていたのか?」

「あ、そう言えば、低い声で唄をうたってました」

「ほう。とすると、そやつは、倒れるほど酔っ払ったふりをしていたということにならないか」

「なりますね」

「やはり、そやつは、いなくなったのではなく、逃げたんだ」

「そうなります」

「なんで、逃げた?」

「おいらが同心だからでしょう」

「そなたが同心というのは、すぐにわかったのかな」

「あそこは暗かったですね。見た目ではわからなかったのでは。あ、捕まえた野郎が、町方に追われるようなことはとか言いました」

「ほう。それは伝えたのかな？」

「伝えた？　つるんでいたってことですか？」

「それは、わからん。だが、倒れていたやつは、同心に関わりたくないようなことで、酔ったふりをして倒れていたんだ。となると、そいつに近づいて来るやつは、なんで近づいて来る？」

根岸は面白そうに訊いた。

「ははあ。まず、人のいいやつは、どうしたんだと心配して、介抱してやろうと近づきます」

「人のいいやつはな。だが、近づくと、どうなる？」

「介抱されるふりして、巾着を抜くなんてこともありますね」

「あるだろうな。だが、人の悪いやつも近づいたりする」

「そういうのは、酔っ払いの懐を探って、巾着を抜こうとするでしょう」

「だが、じつは酔っ払ってなんかいない」

「てめえ、この野郎、番屋に突き出してやるから来やがれってことになるでしょう。

するど、勘弁してくれ、ただじゃ勘弁できねえと」

「うむ、そうそう」

椀田はぴしゃりと膝を叩いて、

「どっちにしても、金は奪われますね」

「そんなやつに、椀田が捕まえた男は近づき、巾着から銭を奪って、逃げようとしたわけだ」

「お奉行。やはり二人はつるんでいたのではないですか？　いままで盗った分を、みかじめ料として渡したというのは？」

「そういう感じだったか？」

根岸に訊かれ、椀田は思い出してみた。

「いやあ、やくざ者には見えなかったですね」

「まあ、それは、まだ番屋にいる男を調べればわかるだろうな。いずれにせよ、二人ともろくな野郎じゃなかったということだな」

「驚きました」

と、二人のやりとりを聞いていた宮尾が言った。

「なぜだ？」

「御前は、居ながらにして謎を解いてしまったではないですか？」

宮尾がそう言うと、

「ほんとです。おいらなんざ、もしかしたらやっぱりあれは幽霊だったのかと思ってしまうところでした」

椀田は情けなさそうに言った。

「なあに、これが当たっているかどうかはわからぬさ。椀田、このつづきは調べておいてくれ」

四

翌朝――。

椀田豪蔵は奉行所には寄らず、まっすぐ深川に向かった。

小力の家は、力丸《りきまる》の家とも近い。力丸は椀田の気持ちを知っているらしく、ここらで会うと、

「あら」

などと笑われそうである。

力丸はともかく、小力のほうはまだ寝ているだろうと思って、家の前を通ったら、ばったり出くわした。サボテンの鉢を手にしていて、朝陽の当たる場所に置き替えるところだったらしい。

「あら、椀田さま」

「よう」

「どうしたんです？」

「仕事だよ。これは。ほんとに」

自分でも言い訳がましいと思う。

「いいですよ、別に。家の前を通るななんて言いませんから。それより、付け火の下手人を捕まえたんですってね」

「もう耳に入ったのか？」

「お座敷で話題になってましたよ」

永代橋あたりのできごとは、あっという間に深川中で噂になってしまう。

「あれは宮尾が活躍したのさ。おいらはどうってことはねえ」

「そんなことないって聞きましたよ。真っ暗い川の中から、いきなり椀田さまが出現して、付け火の下手人を水にひきずり込んだんだって」

「それじゃ海坊主だろうが」

「海坊主だっていいじゃありませんか。正義の海坊主。あたしも見たかったですよ」

小力の言葉に椀田は照れながら、

「ま、それはいいって。そういえば、おめえ、妙な神信心に嵌《は》まったって聞いたぜ」

「ああ、はい」

とくに否定もしない。

前にはさかさ仏を拝んだこともある。神仏には魅了されやすいのだ。

「おめえ、気をつけなくちゃ駄目だ。神信心てえのは、適当に距離を置いてねえと」

「でも、一生懸命願わないと、願いだってかなわないでしょ？」

「うちのお奉行が言ってたけど、人間てえのは神仏がどうしても必要になってきちまうんだと。でも、少なくともいまは、いろんな人がいろんなことを言うように、よくわからないものなんだから、あんまり頼り過ぎねえほうがいい。そういう態度を許さねえ神仏だったら、むしろ怪しいって」

「根岸さまが？」

「ああ。おめえ、どこかに寄進したり、なんか高いもの買わされたりしてるんじゃねえのか？」

「それは大丈夫」

「なにが大丈夫なんだよ？」

「あたしだけの神さまだから。だから、寄進もしないし、買うものもない」

「なんだ、それ？」

やっぱり怪しい。

「ふふふ」

「いったい、なに、拝んでるんだよ？」

椀田はしつこく訊いたが、こういうときの小力はぜったい口を割らない。

「秘密。それより、なにか物騒なことでもあったの？」

「物騒ってほどじゃねえんだが。酔っ払いのふりをして、介抱しようと近づいて来たやつから巾着を盗むって野郎がいるみたいでな」

「え、なに、それ？」

「新手のスリだよ」

「あ、そんな話、聞いたことある」

「ほんとか？」

「うん。お客さんでそんな話してた人がいました。酔っ払っていたので、つい声をかけたら掏《す》られたって」

「やっぱり、いたか。そのお客ってのは誰だかわかるかい？」

「あ、初めてのお客だったし、なんかうじゃうじゃいた中の一人だったし」

「そりゃあ、そいつを捜すだけで手間だわな」

それよりは、深川界隈で訊いて回ったほうが早い。

「酔っ払い相手って、うまいところを狙いましたよね」

「感心しちゃいけねえ」

「あら、ほんとね」

「いつも、上之橋のたもとに出るのかね」

「ううん。そんなことないと思いますよ。あたしが聞いたのは、三十三間堂のわきだったって」

いつも上之橋のたもとに出るなら、張り込みも楽だが、向こうだってそんな頓馬《とんま》なことはしないだろう。

五

小力と別れ、油堀《あぶらぼり》沿いを歩いて、佐賀町の番屋に来た。

遠回りしたわけだが、朝から小力と話ができたので嬉しい。

「あ、椀田さま」

番太郎と話していた町役人が立ち上がって挨拶した。

「昨夜は中途でほっぽり出してすまなかったな」

「いえ、火付け騒ぎのほうが大事ですから」

「おとなしくしてるんだろ？」

と、奥の部屋を指差して訊いた。

「ええ。静かなものです」

「誰か呼んでくれとかは？」

「なかったです。あの、椀田さま」

町役人は遠慮がちに声を落として言った。

「どうした？」

「あの男なんですが、あたしには到底悪人とは思えませんよ。なにかの間違いじゃないですか？」

町役人がそう言うと、

「あっしもそう思いました」

番太郎もうなずいた。

「なんでまた？」

「じつは、あの男といろいろ話をするうち、人生とはなんぞや、みたいな話になりましてね」

「そりゃあ、また、大変な話になったたな。それで、なんだったんだよ？」

「それはとても一言では言えないのですが、あの男の話を聞いていたら、もっと考えて生きなければと思ってしまいましてね」

「そうなんですよ」

町役人ばかりか、番太郎まで神妙な顔をしている。

「なんだよ。いってえ、なにを話したんだ？」

「いえね、あらゆる生きものが、生きるためには自分より弱いものの命を奪ったり、あるいは仲間と戦ったりしなければなりませんよね」

「そうなのか？」

町役人に訊き返すと、

「そうですよ。あっしらだって、魚を殺して食い、鳥をつぶして食ってるんです。しかも、あっしの仕事だって、ほかになりたいやつはいるんだから、つまりはそいつらと戦って、この仕事をもらっているとも言えますよ」

と、番太郎が言った。

「まあ、そんなふうに思ったら、そうだわな」

ふだんは飯を食うたび、いちいちそんなことは思わない。だが、考えればそういうことになるだろう。

「椀田さまは、神仏というのはなぜ、こんな厳しい世の中をつくったのだろうと、お思いにはなりませんか？」

町役人が訊いた。目が据わったようになっている。

「そりゃあ厳しいのはわかるけど……。あの男は、なんて言ってるんだ？」

「その神仏の声を聞かなければいけないと」

「聞けるのかよ？」

「耳を澄ますのです」

町役人は椀田の目を見ながら、囁《ささや》くように言った。

「おいおい、説教は今度にしてくれ。おいらは、あいつと直接、話をさせてもらうぜ」

椀田はそう言って、奥の部屋の戸を開け、中に入った。

男は、静かな表情で座っていた。

歳はいくつくらいなのか。ざっと四十から六十のあいだといった、いくつにも見える風貌《ふうぼう》だった。

「おめえ、名前は？」

と、椀田は訊いた。

「寿《ことぶき》と安《やす》と書いて、寿安《じゅあん》といいます」

「寿安？」

頭の隅で、かすかになにか動いたような気がした。

名前に聞き覚えがある。

同心の勘が働く。ここは慎重に進めなければならない。

「僧侶か？」

「だったときもあります」

「ふうん」

いまから二十五年前。芝増上寺の子院である甲妙院で起きた住職殺し。

あのときに関わったのも寿安という坊主だった。

しかし、あのときの寿安は、いま、大勢の信者を抱え、たいそうな力を持つ謎の教祖になっているはずである。

それが、夜中に一人でふらふら出歩き、こそ泥からわずか三十文を巻き上げるようなことをするだろうか。

これまで追ってきた寿安と、目の前の寿安はあまり結びつかなかった。やはり別人ではないか。

「そなた、いくつだ？」

二十五年前の寿安は四十前後だったはずである。

「歳ですか？　ずっと数えていないので、はて幾つになったのか？」

指折り数えるようなこともしてみせる。

「だいたいの歳くらいはわかるだろう？」

「六十をいくつ越えたか、自分でもよくわかりません」

「ほう。若く見えるな」

歳も合う。

椀田は胸が高鳴るのを感じた。

だが、焦ってはいけない。もし、あの寿安だとしても、すでに手の内にあるのだ。

椀田はさりげなく、だが、じいっと寿安を見た。

昼間見ると、印象は違った。昨夜はどこか変人めいた怪しい雰囲気があったが、いまはいかにも思慮深そうでもある。穏やかで、かすかに悲しげでもある。

髭にまみれた顔は、彫りが深く、異人のようで、端整だった。

「おい、昨日、酔っ払って寝てた男だがな」

「はい」

「幽霊だと言ってたよな」

「いえ、あれは、下手な冗談みたいな話で、あいすみませんでした」

寿安は手をついて詫びた。

「なんだ、幽霊じゃねえのか」

「違います。わたしも少し酒が入っていまして。妙な思いつきを話してしまいました」

もっと強弁するのではないかと思っていたが、拍子抜けするほど素直だった。

「あいつは、酔っ払っているみてえだったが、あれはふりをしてたんじゃねえのか？」

「なぜ、おわかりになりました？」

「うむ。いろいろ考えてな」

根岸が見破ったのだが、いまは鋭い同心なのだと思わせたほうがいい。

「そのとおりです。あいつは酔っ払いのふりをしちゃあ、介抱しようという善良な者から巾着をかすめたりしているんです」

「やっぱり、そうか。それで、おめえはあいつのことを知っていたんじゃねえのか？」

「知ってはいませんが、ぴんと来たんです。こいつはそういうことをするやつなんだなって」

そう思ったら、町方でもなければ、ふつうの町人は逃げる。だが、この男は怖がらなかった。

「だったら、なんで近づいたんだ？」

「どういうつもりだったのかは、自分でもわかりません。だが、くだらない悪事をする者を、懲《こ》らしめてやろうという気はあったと思います」

「それで懲らしめたのか？」

「はい。近づいて、くだらない芝居はやめろと言いました」

「そうしたら、なんと？」

「まさか、ばれているとは思ってなかったらしく、ぎょっとしていました」

「銭を盗ったのは？」

「番屋に突き出すかわりに、晩飯代をもらうぞと」

「三十文だったな」

「屋台でしっぽくそばでも食べようかと」

「なるほどな」

「申し訳ありません。二度といたしません」

「そりゃあそうさ。ただ、おいらは、そのスリを捕まえねえといけねえ」

「捕まえてください。それで、捕まったら、わたしは許していただけるんでしょうか？」

「そうだな。約束はできねえが、そういうこともあり得るんじゃねえか」

「ぜひ、お願いします」

今日はやけに素直である。どうやら作戦を変えたらしい。

「だったら、知っていることはあらいざらいしゃべってもらうぜ」

「いくらでもお話ししますが、どこの誰かはわかりません。ただ、あの男の巾着を開けたとき、中に質札《しちふだ》がありました。淡い月明かりで文字までは読めませんでしたが、獅子の姿の印判が押してありました」

「ほう」

「そこはけっこうよく使っているのかもしれません。盗品を質に入れたりして」

「ほかに特徴はなかったかい？」

「顔はよく見えなかったのですが、もみあげが太くて長かったです。それくらいでしょうか」

「いい話を聞いた。じゃあな」

椀田はそう言って、番屋を出た。

六

質屋のことは質屋で訊く。

近所の質屋で、獅子の印判を質札に使っている店を訊くと、

「深川じゃ坂田橋たもとの、玉木屋さんですかね」

坂田橋というのは、油堀西横川《にしよこかわ》からさらに奥へ入った掘割に架かる小さな橋である。

その玉木屋に顔を出した。

「ごめんよ」

「あ、どうも」

あるじの顔が緊張した。なりで町方の同心とわかったのだ。

質屋というのは、同心がつねに目をつけている商売である。なんせ盗品がしばしば持ち込まれる。

盗品と知っていてそれを預かるのは禁じられている。が、そこはしらばっくれて、安く値をつけたりして預かるのがつねである。

この質屋などは、いかにもやっていそうなのだ。

「おいらの顔は知ってるよな」

「はい。南の椀田さま」

「来たことはあったっけ?」

「だいぶ前ですが、盗品を調べに」

「うん。来たことがあると思ったんだ」

「今日は？」

　と、あるじは不安げに訊いた。

「ケチな悪党を追っかけているんだが、ここの質札を持っていたらしいんだな」

「ははあ」

「たぶん、盗品を預けたんだ」

「いや、それは」

「いいよ。そっちのことは突っ込まねえ。盗品とわかっても、そのまま流してくれてかまわねえ」

「お気づかい、どうも」

「だが、悪党のほうは正直に答えてもらうぜ。たぶんここに来たのは昨日だ。前の晩に掏った盗品を入れた。どうせ取り戻すつもりなんかねえんだから、質札なんかいらねえ。だが、破いたりするのは変なので、とりあえず巾着に入れただけだろう」

「なるほど」

「入れたのは、煙草入れだの、根付だのってとこだ。それで、顔の特徴は、もみあげが太くて長い。どうでえ、いただろ？」

「いました。入れたのは旦那がおっしゃったように根付で、いいものでした」

あるじはそう言って、帳簿をめくった。

質屋ではいちおう名前や住まいも訊いてある。

「これですね。蛤町《はまぐりちょう》三丁目代地、佐平店《さへいだな》の卯吉《うきち》とあります」

「初めての客かい？」

「いえ、違います。何度か来ています。たぶん、嘘じゃないでしょう」

椀田は礼を言い、すぐに佐平店に向かった。


静かで小さな長屋だった。

じめじめして、地面には蠣殻《かきがら》を砕いたようなものが敷き詰められ、足元が歩くとふわふわした。

卯吉の家はいちばん奥になっていた。

「卯吉。いるか？」

声をかけると、慌てて取り繕うような物音がした。

「誰でえ？」

答える前に戸を開け、

「南町奉行所の椀田ってえんだ」

と、言った。

女が着物の裾の乱れを直しながら、椀田のわきから出て行った。

見ていると、前の長屋の一軒に入っていった。同じ長屋同士で、ずいぶん親しくなってしまったらしい。

「町方の旦那がなんの御用で？」

「おめえ、昨夜、変な男に巾着を盗まれただろう？」

「はい」

「おいら、そのとき、そばにいたのさ」

「あ」

思い出したらしい。

「いなくなったのは、おいらが同心だと、あの髭の男が言ったからか？」

「そうです」

そこも根岸の推測どおりだった。

「知ってる男か？」

「いえ」

「やくざのみかじめ料じゃねえんだな？」

「変な野郎でしたが、やくざじゃねえでしょう」

「どこが変だった？」

「人から三十文盗るのに説教垂れましたぜ」

「ほう」

「すべて見られているんだぞと。人からものを奪えば、お前もまた、誰かから奪われるんだとも言いました。囁くような妙な調子でね」

「それで、黙って三十文盗られたのか？」

「だってはした金ですし、なかばあっ気に取られましてね」

「それはともかく、おめえはスリ、かっぱらいの常習だよな」

「いや、あの」

言い訳を探してもなかなか思い浮かばないらしい。

「ひとまず番屋に来てもらうぜ」

椀田がそう言うと、卯吉は立ち上がり、自分で手を後ろに回した。

七

卯吉を佐賀町の番屋まで連れて行き、寿安を会わせ、

「間違いねえな？」

と、訊いた。

「ええ」

寿安はうなずいた。

「じゃあ、おめえのほうは茅場町の大番屋に入ってもらうか」

番屋にここらを縄張りにする岡っ引きが来ていた。

「すまねえが、先に入れといてくれねえか？」

と、岡っ引きに頼むと、

「お安い御用で」

さっそく卯吉を連れて出て行った。寿安は、

「旦那。わたしのほうは、帰していただけるのですよね？」

「いや、もうちょい待て」

いちおう根岸に報告してからである。

「弱ったな。人と会う用があるんですよ」

「そういうときは、くだらねえことはしねえもんだ」

「だが、わたしをいつまでもこんなところに置いておくと、同心さまにご迷惑がかかると思いますよ」

一瞬、言葉に凄むような気配が現われた。

——こいつ、町方を怖がっていない……。

と、椀田は思った。

「どういう意味だ？」

「いや、いいでしょう。お好きにしてみてください」

「妙な言いようだな」

「それより、旦那はお悩みをお持ちじゃないですか？」

「悩み？」

「ええ。惚れた女でもいるんじゃないですか？」

「え」

急に言われて椀田はうろたえた。

たしかに、惚れた小力のことは悩みでもある。

「そんなことは、おめえには関係ねえ」

「はい。もちろん関係はありません。だが、大丈夫。うまくいきますから」

寿安はそう言って微笑《ほほえ》んだ。

「え？」

「女はやがてほだされます。女というのは、そういう生きものなんです」

「……」

椀田の胸に嬉しさがこみ上げてきた。鼻の奥がつんとした。

本当に小力が自分の思いに応えてくれる日が来るのだろうか。

この男を解き放ってやりたくなった。

だが、その思いを断ち切り、

「おめえ、ちっと裸を見せてくれ」

と、言った。

やくざとか、あるいは前科がある者か、確かめようとしたのだった。

椀田がちょうど番屋を出たところに、

「あれ、もう、用は済んだのか？」

と、宮尾がやって来た。

「なんだ、お前まで来たのか？」

「ああ、雑用が済んだので、手伝いに来たのさ」

「昨夜の酔っ払いはやっぱり新手のスリだった。そいつも、もうとっ捕まえたよ」

「そりゃあ、また、迅速なことだな」

「ひとまず、お奉行に報告する」

二人はいっしょに永代橋を渡った。

今日も暑さは厳しいが、橋の上はやはり気持ちがいい。

川下の景色を見やりながら、

「そういえば、最近、ひびきさんの顔を見てないな」

と、宮尾が言った。

「そうだったかな」

椀田はしらばくれてそう言った。姉のひびきから、もう宮尾を家に連れて来ないでくれと言われているのだ。

本心なのか。

あのときのひびきの物言いは、やはりおかしかった。

「元気かい、ひびきさん？」

宮尾は屈託ない調子で訊いた。

「うん、まあ、相変わらずだよ」

とは言ったが、じつはあまり元気がない。

つい、このあいだ、遠い親戚が縁談を持って来た。めずらしく後妻の口ではなかったので、椀田はずいぶん勧めたのだが、ひびきは「豪蔵が嫁をもらうまでは行かない」と、首を縦に振らなかった。

そのことで何度か言い合いになったせいもあるのか、ひびきは近ごろ、機嫌が悪いというより、元気がないみたいなのだ。

「宮尾は、あの娘とはどうなったんだ？」

「あの娘？」

「ほら、次の日の天気を当てる娘。きれいな娘だったよな」

「あ、おせんちゃんか。別れたよ」

あっけらかんとした調子で言った。

「もう、別れたのかよ？」

椀田には意外だった。あんな感じで付き合っていたら、当然、嫁にもらうのだろうと思っていた。

「というか、ふられたんだ」

「ふられたんじゃなく、お前がふったんだろう？」

「そうじゃないよ。わたしと付き合うと、女は皆、うんざりするらしいんだ」

真面目な顔である。

「なんで？」

「よく言われるのは、あんたにはじつがないって言葉」

「じつ？」

「そう。調子はいいけど、どこか上の空で、あたしとは遊びなんだなって思うらしい。おせんちゃんもそう言ったよ」

「遊びなのか？」

「そうじゃない。わたしは、浮気者でもないし、なんでそういうことを言われるのか、よくわからないんだよ」

「おいらにはわかるがな」

ひびきも言っていたが、宮尾は猫のようなところがある。

猫は犬と違って、飼い主にべたべたしない。抱こうとすると逃げるし、かまわないと甘えて寄って来る。こっちの気持ちを知っているようで、わざと無視している気がするときもある。

要は摑みどころがない。宮尾もそうである。

もっとも、ひびきが言っていたのは、性格よりもしぐさのことだったが。

「不徳の致すところだな」

と、椀田は笑った。

同じ根岸家の家来の坂巻弥三郎も美男で鳴るが、宮尾とはまるで性格が違う。あっちは生真面目過ぎるくらいで、女に対してもひどく不器用だという。

「それはわかってるさ」

宮尾は平気な顔で言った。

八

「お奉行の推察したとおりでした」

　と、椀田は言った。

「当たっていたか？」

「すべて、大当たりでした」

「あっはっは」

　根岸も嬉しそうにした。

「酔っ払いのふりをしたほうは、卯吉というスリで、いま、大番屋に入れてあります。その卯吉に説教をして、三十文盗ったのは寿安という名の元僧侶で、どうも江戸の者ではないようです」

「寿安？」

　根岸の顔が緊張した。

「はい。たしか、へらへら月やひときり傘の背後にいたのも？」

「寿安、というか、さんじゅあんと名乗っている」

「はい。ですが、二十五年前、増上寺の子院に現われたときは」

「寿安だったな」

「おいらもそれを思い出しまして。ただ、ここはなにも気づいていないふりをしたほうがいいと、咄嗟に思いまして」

「それはいい判断だった」

「だが、ほんとにあの寿安なのか、自信はありません。貧しいなりをしていますし、だいいち、小悪党から三十文を猫ばばしたようなやつです」

「さんじゅあんもなりは貧しそうだというぞ」

「そうですか」

「それに、もともと小悪党から小金をせしめるようなやつだったのかもしれぬ。歳はいくつだ？」

「若く見えますが、六十をいくつか過ぎたと」

「無宿《むしゆく》か？」

「おそらく。しかも……」

椀田の顔が緊張した。

「どうした？」

「やくざには見えないのですが、いちおう彫物や入れ墨を確かめようと、裸にさせました」

言いにくそうに言った。

じつは根岸にも左の肩先あたりに彫物があるからである。

いちおう見せないようにはしているらしいが、いまみたいな暑い季節には、湯上がりにちらりと覗けたりする。

「赤鬼でもいたか？」

根岸はにやりと笑って言った。それは根岸の彫物の図柄である。

「いえ。首の後ろなのですが、かんたんな髑髏《どくろ》が彫ってありました」

「髑髏？」

「その髑髏の顔のところなのですが、おいらには一瞬、十字架が隠されているように見えました。だが、気のせいかもしれません」

当人には確かめなかった。本当に気のせいかもしれないのだ。

「ほう」

「もし、寿安という名を聞かなかったら、まるで違う印象を持ったと思います。妙な男ですが、悪いやつにも思えません。盗ったのも三十文ですし、あまり重い罪にするのは、なんだか気が咎めてしまうくらいです」

本来なら、叱りつけるか、軽い叩きの罰で解き放つところである。

「だが、その男、たとえあの寿安でなかったとしても、それだけ頭が回って、悪事に歯止めがないとなると、余罪は多いだろうな」

「ははあ」

「椀田、この件は慎重に進めるぞ」

「はい」

「あの寿安だったりしたら、ほうぼうから邪魔が入るかもしれぬ」

「そうでしょうね」

「まずは信者あたりが騒ぎ出すかもしれぬな」

「ははあ」

「番屋では心配だな」

「奉行所の牢に入れますか?」

「たしか、いま、二つともふさがっていたな」

「あ、そうでした」
七、八人の盗人の一味を捕らえ、小伝馬町の牢がいっぱいで、とりあえずこっちに入れたのだ。だが、いまは向こうが空いたはずである。
「急いで小伝馬町に移しておいてくれ。よいな、誰にも知られぬようにな」

根岸は自分の興奮も押し鎮めるかのように、ゆっくりした口調で言った。

第二章 白蛇の家

一

先月の末あたりから、根岸《ねぎし》の机の上に文書が山積みになっている。読んでも読んでも減らないのである。

しかも、あまりに蒸し暑くて能率が上がらないから、この日は思い切って、〈ちくりん〉で昼飯を食べることにした。供は椀田《わんだ》と宮尾《みやお》である。

〈ちくりん〉に着くと、すぐに船頭が力丸《りきまる》を呼びに走った。

力丸はちょうど家にいて、化粧っけのない浴衣姿でやって来た。

「ああ、嬉しい。ここんとこ暑いものだから食欲がなくて、そうめんとスイカばっかり。なんか滋養のあるものを食べなくちゃと思っていたんですよ」

力丸はそう言って、さっそくうなぎの白焼きを食べはじめた。

「あら、この冷たいあんかけ豆腐もおいしいこと」

とても食欲がなかったとは思えない。

その飯の途中である。

「なにか涼しい話でもないものか」

との根岸の要望に応えて力丸が、

「白蛇《しろへび》が人を追って、夜の川を泳いだというのはどうですか？」

と、話を切り出した。

「そりゃあ、涼しいというより気味が悪いですね」

椀田が肩をすくめたが、

「いや、月明かりの下を白蛇がくねくねと川を泳ぐなんて、なかなか風情があるではないか」

と、根岸は面白そうに言った。

この話は、のちに根岸が『耳袋』に記した。

こんな話である。

……本所押上《ほんじょおしあげ》の、とある寺に安置された普賢菩薩《ふげんぼさつ》が信仰を集めていた。

信者の一人でもある近くの船頭が、深川へ客を送ってもどる途中、白い蛇があとを追ってくるのに気づいたという。

白蛇はずっとあとをついてくる。

白蛇は神の使いというのは聞いたことがあるから、つついて追い返したりはしない。

すると、家までついてきてしまった。

「どうしよう？」

薄気味悪いが、神の使いをそうそう粗末にはできない。そこで、押上の普賢菩薩に奉納することにした。

白蛇は、ここの境内にある有名な松の大木の根元に棲みつくことになり、そっちにも参拝する者が出てきたほどだった。

「深川から本所押上までというと、人の足ならともかく、足のない蛇にしたらたいへんな距離だろう」

と、根岸は言った。

「そうよ。だから話題にもなるんですよ」

「ふうむ」

根岸は疑わしそうな顔をした。

「あら、ひいさま。信じられない？」

「まあな。だいたい、なぜ船頭のあとを追う？」

「さあ」

「普賢菩薩の霊験となにか関わりがあるのか？」

「それはとくに」

「よくわからない話だな」

そういうときはなにか隠されていたりする。

「ひいさま。そんな怪しいなら、行ってみましょうよ」

「本所へか？」

「ええ。ここからなら、舟で行けますよ」

「なるほど」

涼みがてらいいかもしれない。

仕事の効率が悪いときは、思い切って遊ぶのも手なのである。帰ったあと、俄然《がぜん》、効率がよくなったりする。

「じゃあ、小力《こりき》ちゃんも誘ってみましょう」

力丸が椀田を見て、悪戯《いたずら》っぽく微笑んだ。

「え」

椀田は正直である。嬉しそうに照れて、宮尾から、

「ようよう」

　などとからかわれている。

〈ちくりん〉も、力丸の家や小力の家も、皆、近所同士である。女将《おかみ》が呼びに行き、小力が気楽な浴衣姿でやって来て、本所行きが決まった。

　小さめの屋形船を出してもらい、仙台堀から木場《きば》の横へ出ると、あとは上げ潮どきということもあって、横川をいっきに北上した。

　横川は本所から深川までまっすぐに走る運河である。両岸は舟着場として整備されているが、北上するにつれあたりの風景は緑が多くなる。

　根岸と力丸は屋形の中で涼み、椀田たちは外で川風を浴びている。

　すこしはしゃいだ、若者たちの声を、根岸はにやにやしながら聞いていた。

「わたしは小力ちゃんとはあまり話をしたくないんだよ」

　と、宮尾は言った。

「どうして？」

「椀田が妬《や》くからだよ」

　宮尾は開けっぴろげな調子で言った。

「おい、宮尾」

　椀田が照れて怒った。

「妬くなんておかしいわ」

「どうしてだい？」

「だって、あたしと椀田さまはなんでもないもの。ね、椀田さま？」

宮尾が訊いた。

椀田は返事をしない。

「それは小力ちゃんが拒んでいるからだろうが。椀田は必死で押しているんだろ」

「やめてくれ、宮尾」

「わたしだったら落ちてあげるけどなあ。椀田はいいやつだし。小力ちゃんだって、椀田のことを嫌いじゃないって顔に書いてあるぜ」

「そんなこと書いてあるかしら」

「ああ、書いてある。自分じゃわからないものなんだよ」

「ふうん」

小力はとぼけた。

そんなやりとりを聞きながら、

「宮尾は、坂巻《さかまき》とはずいぶん違うな」

と、根岸は力丸に小声で言った。

「そうですね」

「たぶん坂巻だったら、気を使ってそおっとしておいてやる。宮尾は遠慮なしだ」

「でも、宮尾さんのほうがやっぱり女の扱いに慣れてるわね」

「あのほうがいいのか？」

「ええ。縁結びの神になるかも」

「そうかね」

そこらの機微については、根岸はあまり自信がない。

右手の景色がふいに鄙《ひな》びた。土手の草の丈が高くなり、風の流れが目に見えるようになった。

「普賢菩薩がある春慶寺は、ここで降りるとすぐです」

と、船頭が言って、船を右岸に寄せた。

二

寺の門までは、あぜ道を行くのだが、左右は田んぼである。稲の葉が風で波のように揺れている。

力丸と小力は日傘を差したが、それが風の向きが変わるたび、飛ばされそうになった。

あぜ道のわきは小川が流れている。

「ここらは水仙や菖蒲《しょうぶ》もきれいらしいわよ、ひいさま」

力丸は目を細めながら言った。

「そうだろうな」

柳島《やなぎしま》では、梅に桜に藤、山吹に水仙に菖蒲、秋は紅葉も美しいときた。

この数年、根岸が眺めたのは桜くらいかもしれない。

春慶寺の境内に入り、まずは普賢菩薩の像に手を合わせた。

普賢菩薩は白い象に乗っていた。

美しい尊顔である。

「ほう」

根岸はちらりと力丸を見た。

——似ているではないか。

この菩薩は、女を救うと聞いたことがある。しかも、もともと女だったらしい。

「さあ、次は白蛇さま」

と、小力が言った。

境内の隅に、松の巨木があった。片側に大きく枝を伸ばし、枝の途中に支柱も立ててある。松の根は、ふつう地中に隠れているが、これは一部が地面に出てしまっている。その根っこがうねるところに、洞穴のようになった箇所があり、白蛇はここを巣穴にして棲んでいるらしい。

何人かが、その巣穴をのぞいて、

「見えるか？」

「いや、わからねえ」

などと言っている。

つられて力丸や小力も巣穴をのぞき込んだ。

さらには、椀田や宮尾までしゃがみ込んだ。

「昼は寝てるのかしらね」

小力がそう言うと、

「ああ、そうかも。夜、草むらを歩くと、蛇に嚙まれるって言うから」

力丸も納得した。

「あっはっは」

話を聞いて、根岸が大きな声で笑った。根岸だけは巣穴に近づかず、横に伸びた枝のほうにいる。

「やあね、ひいさま。なにがおかしいの？」

「ほら、そこ」

根岸が上を指差した。

「え？　まあ！」

なんと、大きな白蛇は松の木の上にいるではないか。

「蛇って木に登れるの？」

小力が目を丸くした。

「木も登るし、穴だって掘る。手足がなくても蛇は頑張っているのだ」

と、根岸は言った。

「ほらほら、頑張り屋の白蛇さまを拝まなくちゃ」

力丸につづいて小力も慌てて手を合わせる。

「蛇になにを拝むんだ？」

「あら、ひいさま。蛇に拝むとお金持ちになれるんですよ」

女たちが寺の境内だというのに柏手まで打ったときである。

「お、白蛇さまを連れて来た男がお出ましだ」

近くで庭を掃いていた寺男が言った。

日焼けした男がこっちに歩いて来るところだった。

「ほう。そりゃあ、ちょうどよいところに来た」

根岸はその男をじっと見た。

船頭だと聞いているその男は、まだ若い。椀田や宮尾たちと同じくらいだろう。寺男に、蛇のようすでも訊いているらしい。

「お奉行、直接、話をお訊きになりますか？」

と、椀田が訊いた。

「そうだな」

「では、呼んできます」

椀田が男に近づき、なにか二言三言話すと、顔が強張った。

さらに椀田が話すと、すこし安心したようにうなずき、恐る恐るやって来た。

「船頭の松吉《まつきち》と申すそうです」

「む。松吉、なにも咎めるわけではない。そのときのことを訊かせてくれ」

「へえ」

「あの白蛇は、川を泳いで追いかけて来たというのはまことか？」

「あっしは、蛇が泳いでいるところは見ていないんです」

「どういうことだ？」

「いえ、教えてくれた人がいたんです」

「教えてくれた？」

「へえ。夜の五つ半（およそ九時）くらいに深川からもどるとき、後ろから、猪牙《ちょき》舟《ぶね》がずっとついて来ていたんです。それで、舟を降りるとき、あっしは『おめえ、あとをついて来たみてえだな』って言ったら、その人が『あんたの舟のあとを白蛇が泳いで追っかけてたぜ』って言ったのです」

「なるほど。だが、水の中を見なかったのか？」

「提灯で照らしてみたりはしました。ただ、なにせ夜でしたし、そのときは蛇の影も見えなかったです」

「ではあとをつけて来たかどうか、わからぬではないか？」

と、根岸は訊いた。

「それであっしは舟を舫《もや》ってから、北本所出村町《でむらちょう》の家まで歩いて帰ったのですが、家に入ってしばらくしたころ、女が訪ねて来たんです」

「女が？」

話が急に怪談のようになった。力丸と小力が、肩をすぼめたのがわかった。

「これがきれいな女でしたよ。それで、『あんたの家に白蛇が訪ねて来たよ』って言うんです。なに言ってんだと思ったんですが、女が家のわきのほうを指差して、『ほら、そこにいるだろう』って」

「いたのか？」

「ええ。今度ははっきりわかりました。女が言うには、川のほうからやって来て、あっしの家に向かって進んで来たんだそうです。それで、家まで来ると、中に入りたそうにしていたので、声をかけたんだそうです」

「なるほど」

「その前は、猪牙舟の男があんなことを言ってましたし、今度ははっきりその姿を見ましたから、あっしのあとを追って来たのは間違いねえと思ったわけです」

「ふうむ。面白い話よのう」

「女は、『白蛇は縁起物だから、あんた、いいことあるよ、きっと』なんて言ってくれましてね」

「いいことはあったか？」

「いや、とくには。でも、粗末にしちゃいけないと思って、ここで預かってもらおうと持ってきたわけです」

「それはいつの話だ？」

「先月の満月の晩でしたから、六月十五日でした」

根岸はそこまで聞くと、椀田と宮尾のほうを見た。

「そなたたち、なにか訊きたいことはあるか？」

「いえ、いまのところは」

椀田が答えた。

「おそらく、また、なにか訊くことが出てくるはずだ」

根岸が松吉にそう言うと、

「お奉行さま。あっしは、ここの普賢菩薩に誓って、なにも悪いことなんざしてませんが」

松吉は怯えた顔で言った。

「あっはっは。それはわかっておる。だが、そなたが気づかぬうちに、白蛇に騙《だま》されたってこともあるかもしれぬのでな」

「白蛇に騙された……」

今度はきょとんとした顔に変わった。

松吉が帰って行くのを見送ってから、

「椀田。先月の六月十五日に本所深川界隈で、なにか大きなできごとはなかったか?」

と、根岸は訊いた。

「十五日ですね」

椀田は指先を額に当て、記憶をたどるようにした。

先月は北町奉行所が月番になっていたので、問題があれば北に報告が行く。それでも南はまったく関係がないわけではない。

「とくに記憶に残るようなできごとはなかった気がしますが」

「でも、椀田さん、北の本所深川回りって、あの人でしょ」

力丸が言った。

「長坂《ながさか》のことですね」

「そうよ、椀田さま。皆、心配しているんですよ」

わきから小力も言った。

「ああ、噂の男か」

と、根岸が笑った。

このところ、南町奉行所でもよく話題になる男である。

名を長坂和歌麿《わかまろ》という。今年から、本所深川回りの同心になった。

この決定が伝わると、奉行所の内外に、

「なんで、あんなやつを同心にするんだ？」

という声が満ち満ちた。

同心というのは、制度上は世襲ではない。一代限りの職である。

だが、いまやその制度は形骸化《けいがいか》し、ほとんど世襲となっている。

長坂和歌麿の父親の長坂又右衛門《またえもん》は、優秀な同心だった。本所深川回りを長く勤め、人望も厚かったし、何度も大きな手柄を立てた。

和歌麿の上には異母兄がいて、又右衛門が隠居したあと、奉行所に入ったが、本所深川回りになったばかりのころ、賊に襲われて亡くなった。

つまり、二代つづけて本所深川のために尽くしてくれた。その倅《せがれ》でもあり、弟でもある和歌麿を、いくら馬鹿でも同心にさせないわけにはいくまいと、深川、とくに木場の旦那衆から北町奉行に嘆願書まで出ていたのである。

「ちっとくらい仕事ができなくても、それはわたしたちが助けます。腕のいい岡っ引きをつけ、さらに頭のいい小者も雇わせます。和歌麿さまはただの飾りでもいいじゃありませんか」

そこまで言ってきたのである。

北町奉行所もそれで折れ、噂の馬鹿を本所深川回りにした。

本来、定町《じようまち》回り——本所深川回りはその一つだが——の同心というのは、勤続三十年を越すような、江戸の裏も表も、人生の酸いも甘いも知り尽くした者がなる。若くて優秀な者は、栗田次郎左衛門《くりたじろうざえもん》のように臨時回り同心となって、定町回りを補佐したりする。椀田豪蔵《ごうぞう》のような、二十代の定町回りは異例なのである。

和歌麿は、なったはいいが、

「もう勘弁してくださいよ」

「お暇をいただけないでしょうか？」

腕のいい岡っ引きと、優秀な小者から、すでにそうした声が上がった。たった半年足らずである。

「椀田。その長坂というのは、ほんとに馬鹿なのか？」

と、根岸は訊いた。北町の同心だから、根岸は顔も知らない。ときおり話題にはなるが、さほど気にもしなかった。だから、具体的な逸話は知らない。

「それはちょっと」

椀田は首をひねった。北と南に分かれてはいるが、同じ八丁堀の同心である。仲間の悪口は言いたくないのだろう。

「だって、根岸さま。あの人、一日中、ゴミを拾って回っているんですよ」

小力が言った。

「ゴミを？」

「はい。町にゴミが落ちていると、気になって仕方がないんですって」

「では、きれい好きなんだな」

「違いますよ」

「違う？」

「きれい好きなんじゃなく、ゴミが好きなんですよ」

小力の言葉に力丸もうなずき、

「なんでも同心じゃなく、屑屋《くずや》になりたかったんですって」

と、言った。

「ほう」

これには根岸も驚いた。

「町を回っていても、ゴミを見つけるとかならずそれを手に取って眺め、たいがいは家に持ち帰るんですって。だから、お家の庭もゴミの山」

「ほんとか、椀田？」

根岸は訊いた。

「そうなんです。ただ、庭のゴミについては上役から厳しく叱られ、いまはきれいになっています。家の中は相変わらずらしいですが」

「それはまた変わってるな」

「だから、ひいさま。あの方だったら、大事なできごともぜったい見逃していると思いますよ」

ふだん人の悪口を言わない力丸も、めずらしく眉をひそめて言った。

三

翌日——。

椀田と宮尾は六月十五日のできごとを調べるため、まずは押上村に向かった。なにか起きていたとしても、それは押上村のこととは限らないだろうが、それでも出発点というのは要る。

押上村の村長は、百姓というより、俳諧の宗匠《そうしょう》といったおもむきだった。このあたりの百姓は、年貢用の米のかたわら、野菜をつくって江戸に持って行けばいくらでも売れるため、どこも裕福だと聞いている。灌漑《かんがい》も整っていて、日照りにも縁はない。

縁側に座った二人に、

「さあ、甘いものでも」

と出してくれたのは、どうやら虎屋の羊羹《ようかん》らしかった。同心ふぜいの家では自分の金では買えない。

「先月の十五日に、このあたりでなにか変わったことはなかったかね？」

椀田が訊ねると、村長は日誌を引っ張り出してきた。

「町方が来られたような騒ぎはなかったですが、ただ、この日の晩、そっちの柳島村のほうで、浅草の花川戸町《はなかわどちょう》にある料亭〈はなやぎ〉の旦那が、別宅で血を吐いて亡くなっていますね」

と、見えるあたりを指差した。

ここらは押上村、柳島村、亀戸村《かめいどむら》が複雑に入り組んでいて、村長同士も始終、起きたことは報告し合っているらしい。

「血を吐いてか」

「まだ四十ちょっとでした」

「ほう」

「毒でも盛られたんじゃないかとか言う者もいたんですが」

「それは……」

椀田はわきにいた宮尾を見た。聞き捨てならない話である。

「でも、その前の飯は、何人かといっしょに食っていたので、それはねえだろうということになったようです。なんせ、先月は北が当番で、回っているのはあの方でして」

「ああ」

「椀田さまにお話ししたほうがいいと言う人もいたのですが、それは椀田さまだって立場があるからと」

「そんなことはいいんだが」

とは言ったが、北の当番なのに椀田に持って来られるのは、あまりよろしくない。

「まあ、医者も胃になにかできていたんだろうと言ってましたし」

「別宅には誰かいたのかい？」

「妾《めかけ》です。医者を呼んだのも妾です」

「揉めてたりしたのかね」

「どうでしょうね」

あまり近所付き合いはないらしい。

「何刻《なんどき》くらいの話なんだ？」

「暮六つ（午後六時ごろ）から半刻（およそ一時間）ほどしてからでしたよ」

「ふうむ」

船頭が白蛇を連れて来たのは、もっと遅い刻限である。

とすると、あまり関係はないかもしれない。

「妾はいま、どうしてるんだ？」

「まだ、いますよ。どうやら、別宅はもらってあったみたいで、のんびり住んでいます」

「すでに新しい男が出入りしているとかは？」

「それはないみたいです」

妾の家となると、周囲も鵜《う》の目鷹《たか》の目だろうから、それは信用できそうである。

とりあえず、妾の別宅を訪ねてみた。

「ごめんよ」

「はい」

と、出て来た妾はまだ若い。二十歳になっているかどうか。

しかも、かなりの別嬪《べっぴん》である。

「先月、ここで花川戸の〈はなやぎ〉の旦那が亡くなったらしいな」

「あ、はい」

「あんた、名前は？」

ちょっとためらった顔をしたが、

「うん、と言います」

「変わった名だ」

「変えたんです。運がつくように。前はまさといいました」

名前を変えるのは、江戸の娘にはめずらしいことではない。人別帳《にんべっちょう》に載った名は変えられないが、ふだん使っているのは通称で、占いなどですぐにとっかえひっかえした。

「運はよくなったかね？」

「悪くなりましたね」

奥を見ると、仏壇などは見えないが、線香の匂いはしている。

「江戸の生まれじゃねえだろ？」

言葉に訛《なま》りがある。

「はい。奥州の仙台です。二年前に親戚を頼って出て来たのですが、その親戚は亡くなってしまって」

と、俯《うつむ》いた。

「旦那が亡くなったときのことを詳しく訊きたいんだがね」

「詳しくもなにも。ここに来て、疲れたから布団を敷いてくれと言って、あたしが布団を敷いていたら急に血を吐いて」

「具合が悪そうだったのかい？」

「そうですね」

「ここで葬儀をやるわけはねえよな？」

「はい。報《しら》せたら、駆けつけてきた女将さんたちが、医者が来ているそばからすぐに向こうへ連れて行って。あたしは、葬儀にも来なくていいって言われました」

「ま、そりゃあな」

椀田は慰めるようにうなずいた。

四

妾の家を出て、大川のほうに歩きながら、

「どうだ、宮尾？」

と、椀田は訊いた。いまの娘の感触である。なにか嘘をついていないか、動揺していないか、訊いている者より、わきで会話を眺めている者のほうが、よく見えていたりする。

「ううん、わからないね」

「別嬪だよな」

「だろうな」

「だろうなというのも変な返事だ」

「皆が別嬪というだろうというのはわかる、という意味さ」

「顔はともかく、性格はどうだ？」

「まだ十七、八ってところだろう？」

「そうだな」

「もちろん、女は男と違って、十七、八でも立派な大人の女だが、まだ積もり積もったものっていうのはないだろうな」

「それで?」

「皆から別嬪扱いされたら、いじけたり、ひねくれたりってことは、あんまりないだろう」

「まあな」

「子どものころのことを訊けば、気持ちもわかるが、生まれが仙台ではな」

「ああ」

宮尾もまだとくにぴんとくるものはないらしい。

吾妻橋《あづまばし》を渡って、浅草花川戸町の〈はなやぎ〉に来た。

大きな建物で、おそらく二階の反対側からは、大川が望めるはずである。桜の季節あたりは、さぞや花見客で賑わうのだろう。

もしかしたら店は畳んでしまったかもしれないと予想したが、変わりなくつづけているらしい。

いまどきは夜の準備をしているらしく、おとないを入れると、女中ではなく、女将が出てきた。

「じつは、旦那が亡くなったときのことが知りたいんだがね」

そう言うと、玄関脇の小部屋に通された。芸者の控室のようにしているところらしく、鏡や白粉《おしろい》などが置いてある。

「なにか？」

「向こうで医者を呼んだらしいな？」

「はい。でも、もう亡くなっていたのですが、こっちに持って来てからも、あらためて診《み》てもらいました。川向こうの医者じゃ、ちょっと信用できませんでね」

「怪しいところはなかったかい？」

「はい。肌のようすとか、臭いなどから考えても、毒を飲まされたってことはないだろうと。身体にも、斬り傷はもちろん、絞められたり、殴られたりしたようすもなかったそうです」

「ふうむ」

「ただ、うちではどこか身体の調子が悪いとか言うのも聞いたことはなかったんです。そのことを言いますと、なんの症状もなく胃が悪くなって、急に出血することがまれにあるんだそうです」

「それは向こうに来た医者も言ってたらしいぜ」

「そうですか。それで、病なら仕方がないと」

「別宅があるのは知ってたのかい？」

「はい、知ってました」

「相手の女は？」

「ええ。おまさは、ここで働いていた娘でしたから」

「そうだったのかい」

おまさはなにも言ってなかった。もっとも、妾になったきっかけを訊いていないので、向こうもわざわざ言うことではない。

「おまさは悪い娘じゃなかったですよ」

「そうなのかい」

「あの娘のほうから、うちの人に粉をかけたりといったこともしていないと思います。あの娘の器量に惚れて、うちのが無理やり口説いたんです」

女将の顔が悔しげに引きつった。

椀田はこういう雰囲気は苦手である。ちらりと宮尾を見ると、ごもっともとでも言うみたいに、なんべんもうなずいている。

「それで、ここを辞めさせ、誰かの口ききで、あの家を買い与えたんでしょうね」

「それはどうやって知ったんだい？」

「そりゃあ、ときどきいなくなるので、手代にあとをつけさせたり」

「なるほどな」

もしかしたら、この女将も疑うべきかもしれない。

いっしょに働いていた女中の話も訊かせてくれと頼むと、女将はおかよという女中を連れて来て、

「なんでも訊いてください」

そう言っていなくなった。

「いまごろになって、旦那の死に方はおかしいんじゃねえかって話が出てきてさ」

椀田はおかよに言った。

「急でしたからね」

と、おかようなずいた。おまさよりは四つ五つは上のようである。

「おまさが旦那になんかするってことは考えられるかい？」

「なんか？」

「毒を飲ませたり」

椀田は自分で言って、しつこいなと思った。二人の医者がそれはないと診立てているのである。

「そんなことは、考えられませんよ」

「だが、おまさは考えなくても、ほかに男がいて、そいつが考えることもありうるよな？」

「あの娘は、なんというか、淫乱な性質《たち》じゃなかったですよ。旦那に熱心に口説か

れ、仕方なく妾になったってところでしょう」

「なるほど」

「それまでも、ほかに男がいるようすはなかったです。うちの手代もあの娘は身持ちが堅いって、呆れたように言ってましたから」

「仙台から出て来たんだってな？」

「そうですね」

「一人で出て来たのかな？」

「いや、兄さんも江戸にいるそうです。鍛冶屋をしてるとか聞いたけど、ここに来たことはなかったと思います」

「なるほどな」

かわいい妹が妾になったと聞いたら、その旦那に憎しみを持つことはあるかもしれない。

「ただ、ひどい兄で、一度は岡場所に売られそうになったと言ってましたよ」

「そうか」

それでは妾奉公を怒ることはないだろう。

五

そのころ——。

奉行所にいた根岸のところに、岡っ引きの辰五郎《たつごろう》がやって来た。

「おう、調べて来てくれたか？」

根岸は、小伝馬町の牢に入れておいた寿安《じゅあん》の身元を洗うのを、辰五郎に頼んでいた。

町人の過去を洗うのは、同心より岡っ引きのほうが得意だからである。

「それが妙な雰囲気になってきました」

「ほう」

「あの野郎、人別帳のあるところをなかなか言いませんでね。当初、長崎にあるとかぬかしていたんです」

「ふうむ」

「無宿人となるといろいろ面倒なことになると脅すと、今度は増上寺《ぞうじょうじ》にあるなどと言い出しましてね」

「増上寺だと？」

将軍家の菩提寺《ぼだいじ》である。

そこに町人の人別帳があるとは、どういうことなのか。

「あっしの立場じゃもちろん増上寺の中になど入れっこありません。ただ、芝に知り合いの岡っ引きがおりましてね。院内のもめごとなどもずいぶんおさめてやっているやつなんです」

「なるほど」

寺の中でも当然、もめごとやら悪事などは起きる。寺社方の役人などはそっちに不慣れだし、寺侍も町人のもめごとなど面倒臭い。そこで、岡っ引きが出入りすることになるのだ。

「そいつにちっと探りを入れてもらったんです。すると、今日になって、寿安のことに町方は手を出すなと言ってきたらしいんです。増上寺も相当上のほうからのようです。しかも、なぜ、調べているのだとしつこく訊かれて弱ったそうです」

「ほう」

「そいつも困って、あっしの名を伝えたそうなんですが、増上寺からなにか言ってきたらどうしましょうか？」

「もちろん、わしの名を出してくれてかまわぬ」

「わかりました。ですが、根岸さま、あの寿安てえのは何者なんです？　牢の中でもすっかり人望を集めて、たいした人気者になっていましたが」

辰五郎は、二十五年前の件については詳しく知らない。さんじゅあんのことは闇の者がからむため、調べは極秘裏におこなっている。

「とんでもない大物が引っかかってきたのさ」

根岸は嬉しそうに言った。

「大物ですか？」

「ついては、増上寺門前にある仏具屋で〈英駿堂《えいしゅんどう》〉というのがあるが、そこのおやじを小伝馬町の牢に連れて行き、昔、甲妙院にいた寿安かどうか、そっと顔を確かめてもらいたいのだ」

「わかりました」

辰五郎がいなくなったあとしばらくして、

「お奉行さま」

と、顔を出したのは、しめだった。

「おや、しめさん、どうした？」

「あれ？　辰五郎さんはなにも？」

岡っ引きの辰五郎は、しめの娘婿である。

「ああ、なにも言ってなかったぜ」

「じゃあ、わざわざお奉行さまのところに行くなってことだったんですね。あ、これで失礼します」

と、慌てて帰ろうとするので、

「しめさん、それはないだろう。お茶の一杯くらい飲んで行くのが付き合いってもんだぞ」

「あ、そうですか」

しめは断わらない。

「なんだったんだい、用ってのは？」

「蛇のことですよ」

「ああ、しめさんに頼んだのか。蛇の調べをまさかしめさんに頼むとは思わなかったよ」

白蛇が本当に人のあとを追ったりするものなのか。

根岸は以前、飯田町《いいだまち》であった、人が犬を嚙む騒ぎで知り合ったマムシ酒をつくる男に訊いてくるよう、辰五郎に頼んでおいたのである。

もちろん辰五郎は寿安の調べがあるので、下っ引きにやらせるだろうとは思っていたのだが。

「辰五郎さんは、あたしに嫌な仕事をさせて、女岡っ引きになる夢を捨てさせようっていうのですかねえ」

「それはないよ。辰五郎も近ごろは応援しているみたいだぜ」

「あら、そうですか」

「それで、蛇はどうだったい？」

「ええ、そんなことはできっこないと言ってました」

「ほう」

「白蛇ってのは、もともとは青大将なんだそうです」

「そうなのか」

「それがときどきああいう白いのが生まれるらしいです。それで、マムシは夜に動き回るけど、青大将は昼間動くんだそうです。だから、まず、夜、そんなふうに動いているのがおかしいと」

「うむ」

「それで、蛇ってのは泳ぎはできるそうです。ただ、目はあんまりよく見えていないし、耳もないから聞こえない。舟や人を追いかけるなんてことはできないらしいです」

「目も耳も駄目で、よく餌を捕まえられるもんだな」

「それはあたしも訊きました。臭いだそうです。ネズミだのモグラだのの臭いを嗅ぎつけて、がぶっとやるそうです」

「へえ、臭いを嗅ぎつけるのか」

「でも、水の中だと臭いを嗅ぐのも難しい。だから、あとを追ったりするのも無理って話でした」

「よく、わかった」

「それで、あの男はお奉行さまにマムシ酒をと言い出して」

「もらって来たのか？」

「はい」

と、持っていた風呂敷包みをほどいた。

中は小さな樽だった。

「開けるとき、気をつけてくれと言ってました。なんでもマムシってのは丈夫な生きもので、数カ月焼酎につけていても、まだ死んでなくて、ふたを取ると、いきなり嚙みついてきたりするんだそうです」

「怖いな」

「怖いですよ。開けるなら、椀田さまがもどって来たときにでも」

と、椀田が聞いたら怒りそうなことを、しめはしれっとした顔で言った。

六

椀田と宮尾は、北本所出村町の船頭の松吉を訪ねた。長屋ではなく、粗末ではあるが一軒家が住まいである。家族はいないらしい。

だが、まだ仕事に出てもどっていない。

「ちっと待つか」

「そうしよう」

と、暮六つまで待ったが、なかなかもどらない。

隣の家の者に訊くと、

「あいつは働き者ですからね。客が捕まらないときは、川に潜って、うなぎを取ったりするんです。だから、いつもザルを持ち歩いているほどでしてね」

「そりゃあたいへんだな」

と、そんな噂をしていると、やっともどった。

なるほど、ザルを持っている。

だが、ザルは空で、今日は舟のほうの客が多かったらしい。

「あんた、先月の十五日に深川に行ったんだよな」

「ええ」

「客がいたのかい」

「そうです。ちょうど、一度暮六つになってもどったとき、深川までやってくれと声をかけられて」

「何人かいたのかい？」

「いえ。一人だけでした」

「それで、その夜やって来た女は、たいした別嬪だったと言ってたよな？」

「はい」

「疲れているところをすまねえんだが、ちっと確かめてもらいてえんだよ」

「はあ」

いぶかる松吉を連れて、椀田と宮尾はもう一度、おまさの家に来た。

「ちょっとだけ顔を出させるから、ここで見ててくれ」

松吉をすこし離れた草むらに潜ませ、椀田は戸を叩いた。

「おまさちゃんよ。昼間来た南町奉行所の椀田だが」

「なんですか？」

おまさは恐々といった顔で戸を開けた。

「向こうの女将のことを訊きてえんだが、あの女将が旦那に毒を飲ませたってのは考えられねえかい？」

「女将さんはいい人でしたよ。そういうのはないと思います」

おまさはきっぱりと言った。

「わかった。それだけだ」

椀田がもどると、

「間違いないとさ。おまさが白蛇のことで訪ねて来たらしい」

と、宮尾が言った。

「なんなんだ、いったい？」

椀田が首をかしげた。

「ああ、訳のわからん話だ」

宮尾もちんぷんかんぷんらしい。

松吉の家に来て、いったいなにがあったのか、あの晩のようすを家の前で再現させた。

「だから、ここに白蛇がいたんです」

と、松吉は家の横を指差した。

「ここに？　それはおかしい」

「どうしてですか？」

「訪ねて来たなら玄関口に来るだろうが」

「あ、たしかに」

「しばらく、ここで立ち話をしたんだな？」

「ええ。あんな可愛い娘と話できるなんて、滅多にねえことですのでね」

「どんな話をした？」

「くだらねえ話です。吾妻橋に近い団子屋には行ったことがあるかとか。ただ、いざ話し始めたら、どことなく上っ調子というか、上の空というか、なんか妙な感じでした」

「おう、わかった。手間かけたな」

「いいえ」

松吉が家に引っ込んだあと、

「なんかあるよな」

と、椀田は言った。

「ああ、なんかある」

宮尾もうなずいた。

「はなやぎの旦那が血を吐いて死んだ。同じころ、船頭の松吉は客を乗せて深川に行き、その帰り、変なやつにつけられ、白蛇が追って来たと告げられた」

「ああ」

「さらに、旦那の妾のおまさが現われ、白蛇がこの家を訪ねて来たと教えた」

「そうだ」

「白蛇は本物だった。ここまではすべてあったことだ」

「間違いない」

「だが、本当はなにがあったか、わからねえ」

「まったくわからない」

と、宮尾も認めた。

「白蛇はなんなんだ？」

「まさか、ほんとの神さま？」

宮尾は気味が悪そうに言った。

「そんなことお奉行に言ったら、笑われるぞ」

「もしかして、白蛇が旦那殺しの下手人？」

「締め殺したってか？」

「あるいは、喉から入って、奥のほうをがぶり。だから、血を吐いた」

「あんたも大胆なことを考えるよな」

「そりゃあないよな。あっはっは」

宮尾は自分の推理を面白そうに笑った。

「こうなりゃ、おまさを叩いてみるか？」

と、椀田は言った。

「なにをどう叩くんだ？」

「白蛇なんか持ち出して、なにか旦那にしたのかって」

「しないと言ったら？」

「なにも言うことはねえ。やっぱりなんの証拠もねえのに若い娘を追い詰めるのは気が進まねえな」

「だよな」

あとは二人で首をかしげるほかない。

七

いままでの話を、根岸に報告した。

「ほう。十五日に血を吐いて死んだとな」

「だが、それほど怪しい話とも思えません。毒を疑う声もあったそうですが」

と、椀田は言った。

「毒ではないと？」

「たぶん違うと思います。だが、白蛇につけられたのも嘘臭いです」

「じゃあ、なにが起きたんだ？」

「申し訳ありませんが、それがさっぱり」

椀田と宮尾は目を合わせ、頭をかいた。

根岸はしばらく考えていたが、

「忘れ物をしたんじゃないのか？」

と、言った。

「え？」

「深川に送った男が舟に忘れ物をした。なんとか取りもどしたいが、あまり知られたくない忘れ物だったとしたらどうする？」

「あ、あとをつけますね。そうか、松吉は『あとをついて来たみてえだな』って訊いたと言ってましたね」

「それさ。じっさい、あとをつけてたのさ」

「忘れ物というのは？」

「凶器だろうな。やっぱりその旦那は殺されたんだ」

「おまさの男ですか？」

「いや、おまさの兄だろう。鍛冶屋をやっているんだろう？　たぶん、鉄を叩き、おかしな武器を作ったのさ」

「ああ、そうなると、いままでわからなかったところが、すべて埋まります」

と、椀田は嬉しそうに言った。

「ただ一つだけわからない。なんで白蛇なんて妙なものを持ち出してきたかがな」

根岸は首をかしげた。

翌朝――。

明六つ（午前六時ごろ）の鐘が鳴るころ、椀田と宮尾は松吉の家を訪ねた。

「十五日の晩だが、舟に忘れ物はなかったかい？」

「忘れ物？　あ」

なにか思い出したらしい。

台所の流しのところに行き、

「これはうなぎを取ったときに入れる籠の中に落ちていたのですが」

と、細長い鉄の棒を見せた。

棒は長さ一尺ほど。先が折れ曲がり、そこだけは鋭い刃物のようになっている。

「おい、宮尾。これを無理やりにでも口に入れ、喉の奥を掻くようにしたら？」

「ああ。これだったら、相当深い傷をつくるだろうな。それで、血を吐くよな」

「まさか、それで？」

と、松吉は顔を強張らせた。

「ああ。はなやぎの旦那を殺したのさ」

「見つけたのは四、五日前で、まさか、十五日にあの客が落としていたなんて、思ってもみませんでした」

「これ、なんだと思ったんだ？」

「うなぎを引っ張り出すための、同業者の道具だと思ってました」

なぜ、白蛇の話なんか持ち出したのか――という根岸の疑問は、おまさの兄を捕まえてからわかった。

あの別宅の下には、白蛇が棲みついていた。

だが、おまさは蛇が大嫌いだった。白蛇だろうが、黒蛇だろうが、とにかく気味が悪かった。そこで、

「退治してよ」

と、旦那に頼んだ。

だが、旦那はそれを退治しては駄目だと言った。

「白蛇は金運をもたらすんだ」

「そんなことない」

おまさはきっぱり否定した。

なぜなら、仙台にいたころ、おまさの家の床下で白蛇が巣をつくったのだ。

皆、いいことがあると期待した。

その年、ひどい飢饉《ききん》に襲われ、おまさは岡場所に売られそうになり、慌てて江戸に逃げて来たのである。

「逆に、白蛇を飼っていたら、もっとひどいことになるわ」

だが、旦那は聞く耳を持たない。

あんな気味の悪いものが床下にいると思ったら、夜もろくろく眠れない。白いものに首を絞められる悪夢で目を覚ますことはしょっちゅうだった。

あげくには旦那の顔まで白蛇に見えてきたという。

それが、旦那に死んでもらいたい理由になり、田舎にいるときから乱暴者で知られた兄に連絡を取り、金で殺しを引き受けてもらった。

こうしたことをおまさから聞き、頭にあったので、おまさの兄は、つい逃げ口上で白蛇のことを持ち出したのだった。

たいして仲のよくない兄といっしょに捕縛されたおまさは、うんざりした調子でこう言ったという。

「しつこく旦那に説得され、いやいや妾になったら、このありさまですよ。いったい、どこでどうしておけばよかったんでしょうね」

八

小伝馬町の牢屋敷の周囲には人だかりがあった。

辰五郎が、芝増上寺前の仏具屋〈英駿堂〉のあるじを連れてやって来ると、

「辰五郎親分」

と、その人だかりの中から声がかかった。

見覚えがある。たしか神田の青物市場で働く若い衆の一人ではなかったか。

「なんでえ？」

「牢屋敷に御用ですか？」

「ちょっとな」

「中にさんじゅあんさまという偉い方が、閉じ込められているらしいのです。その方に会ってもらえませんか？」

「会ってどうするんだよ？」

「なにかの間違いで牢に入れられたようですが、わたしたちが方々に嘆願し、すぐに出していただけるようにしますからと」

「そんなことは言えねえよ」

「お奉行さまはご存じなのでしょうか。根岸さまは民の気持ちがわかる名奉行と評判ですが、このたびの判断はどんなものでしょうか」

辰五郎にすがりつくようにしてくる。

「おい、よしな。すべてちゃんと調べればわかることなんだから」

辰五郎は振り切るようにして、英駿堂のあるじとともに門の中に入った。

寿安は大牢の中にいる。

「ちょっと遠いがよく見てくれよ」

「わかりました」

牢の前の通路に来て、英駿堂のあるじに隅の柱の裏にいるように言った。

それから辰五郎は檻《おり》の前に行き、

「寿安」

と、声をかけた。

「なんでしょう？」

寿安が檻のそばに来てひざまずいた。

「おめえ、人別帳は増上寺にあるんだってな？」

「おや、そうでしたか」

「なに、とぼけていやがるんだよ」

「そういうことは苦手で、すぐに忘れてしまうのですよ」

「増上寺にいたあとは、どこに行ったんだ？」

「さて、どこだったか。なにせ、決まった家は持ったことがなく、ずうっと神社仏閣の軒先を借りたり、知人の家に泊めてもらったりしていましたので」

「千住にいたって話も聞いたぜ」

「ああ、いたかもしれません」

「とぼけたって無駄だ。すべて明らかにしてやるからな」

辰五郎はそう言って、檻を離れた。

「どうだった？」

英駿堂のあるじに訊いた。

「間違いありません。甲妙院にいた寿安さんです。あのころは髭もなく、頭も丸めていましたが、あの眼差しや高い鼻梁など、寿安さんです。ほとんど変わっていませんね。いいお坊さんだったんですよ」

「そうなのか？」

「あたしの知り合いがなくなったときも、ずいぶん熱心に拝んでくれ、しかもその後の暮らし向きのことまで心配してくれたりしたんです。そんなお坊さん、いますか？　おざなりのお経を上げて、お布施もらったら、はいさようならって坊主ばっかりでしょうよ。さっきの人の話も、もしかして寿安さまのことですか？」

「まあな」

「だったら、あの人の言うとおりです。早いこと解放されたほうが」

英験堂のあるじまで熱弁をふるい出し、辰五郎は辟易《へきえき》して、牢屋敷の門の前で別れてしまった。

寿安は檻《おり》の中でしゃがみ込み、両手を格子のあいだから外へ差し出していた。

「おい、なにしてるんだ？」

同じ檻の中の、伊蔵《いぞう》という男が訊いた。伊蔵は人殺しで捕まり、まもなく裁きを受ける。極刑になるのは明らかである。

「あんたの魂を救ってやろうと思ってな」

「おれの魂を救う？　くだらねえことを言ってるんじゃねえ」

伊蔵は寿安に向かって凄んだ。

「お前は幸せだったか？」

寿安は唐突に訊いた。

「え？」

「これまでの人生は幸せなものだったか、と訊いているのだ。人というのは幸せになるために生まれて来なければならぬ。苦しむため。我慢するため。そういうことばかりだったら、誰が生まれて来る？」

「幸せなんて思ったことはなかったよ」

伊蔵はたじろいだように言った。

すると、周りからも、

「おらの人生も幸せじゃなかったぜ」

「おれだってそうさ」

「幸せだったら、こんなとこにはいねえよ」

といった声が相次いだ。

寿安は周りの男たちにもうなずきかけ、

「まあ、見てなよ」

と、言った。

檻の前は、通路になっているが、その向こうの板戸が取り外されている。天気がいいので、日差しと風を入れている。たまにこうすることで、牢の中はどうにか悪臭がこもることを免れている。なにせ囚人たちは湯になど入れないため、身体からひどい臭いを発している。

寿安は両手を差し出したまま、小声でなにかお経のような文句を唱え始めた。

しばらくして、牢の前に、雀が一羽やって来た。雀は可愛らしい足取りで周囲を歩き回る。

すると次に、鳩が一羽来た。

「なんでえ、鳥なんざ見たって、おれの気持ちは安らぎはしねえぜ」

そんな伊蔵の言葉を無視して、寿安は外に向かい、なにかつぶやきつづけている。

雀と鳩がさらに舞い降りて来る。

「おい、餌なんか撒《ま》いてねえよな？」

伊蔵は訊いた。

撒いたのは見ていない。

寿安も軽く首を横に振った。

まだやって来る。

「おい、どうしたんだ？」

「すごいな。鳥が集まり出したぜ」

牢の中のほかの罪人たちも、檻のあいだから顔を出し、鳥を眺めた。

「寿安の説教でも聞きに来たみたいだ」

「そうなのかもしれねえ」

鳥たちは檻のすぐ近くにまでやって来た。

「かわいいもんだ」

「ああ。気持ちがなごむぜ」

そのときである。

牢役人がこの異変に気づいて、

「しっしっ、あっちへ行け！」

手を叩きながら駆け寄って来た。

鳥たちはいっせいに舞い上がり、もう近づいて来ようとはしなかった。

「魂を救うってのは大げさだが、ちっと気持ちはなごんだぜ」

と、伊蔵は寿安に言った。

「いや、まだまだだ」

「え？」

「いま、あんたの魂の一部が飛び立つ」

寿安はそう言って、両手を合わせ、それをこするようなしぐさを始めた。

その手の中でなにかがふくらみ出した。灰色の塊が見えた。それは動きはじめている。

「ええっ、まさか」

「嘘だろう、おい」

囚人たちから驚きの声が上がった。

なんと鳩が手の中から生まれたのだ。

寿安はこの鳩を檻のあいだから外へと逃がし、

「伊蔵さんの魂の一部は飛び立った」

と、言った。

「なんと」

「あんたは首をはねられても、その魂は大空に帰るだけ」

「そうなのか」

「だが、その前に自らの過去を悔い改めなければならない」

「どうすればいい？」

「祈るのだ、ほら、こうべを垂れて」

低くした頭に寿安は手を置いた。

周囲にいた罪人たちも、次々と寿安に向かってこうべを垂れ始めた。

第三章　幽霊を食った男

一

「安房《あわ》のほうから来ている人たちもいました」

と、しめが根岸《ねぎし》に言った。

「早いものだな」

「あたしも信者にまぎれ込みますか？」

「いや、そこまではせんでいい。どこに泊まっているのかもわからぬのだから、もどって来ないとき助けようがない」

「では、どこで寝泊まりするのかくらいは探っておきます」

「む。頼む」

小伝馬町の牢屋敷に、さんじゅあんの信者たちが集まって来ている。姿を消したさんじゅあんを捜すうち、先に牢を出た者あたりから、寿安《じゅあん》のことが伝わったりしたのだろう。早く解き放ってくれと、嘆願はうるさいくらいらしい。

その信者の中に入り込み、動向を探ってくれるよう、根岸は今朝ほどしめに頼んだのであった。しめはさっそく、昼前にわかったことを報告に来ていた。

「では、また行ってきます」

「しめさん、昼飯は？」

「まだでございます」

「では、昼飯を付き合ってくれ。たいしたものはないが」

「はい。お奉行さまのご飯が意外に粗末なのはわかっていますから」

しめは遠慮のないことを言って、近くにいた女中に睨《にら》まれた。

出されたのは具沢山のうどんである。根岸もそれと同じもので、

「しめさん。これに七味唐辛子をたっぷりかけて食うとうまいぞ」

と、猪口《ちょこ》に半分くらいの量をかけた。

「そんなにかけるんですか？」

「ああ。こうして食うと、汗がどっと出る。すると、そのあと、意外に涼しくなるのだ」

「じゃあ、あたしも」

根岸に負けないくらいかけて、すすりはじめる。

「そういえば、お奉行さま」

「なんじゃ」

「ふう、辛《から》。うちの近所で面白い噂が出回っています」

「どんな噂だ？　ふう、ちと、かけ過ぎたかな。辛いのう」

「辛いですよ。これはお裁きの罰の中に入れてもいいくらいです」

二人の顔はすでに茹で上がったように赤く、肥ったガマのように汗がだらだらと流れている。

「なるほど、七味唐辛子の罰か。それで、話は？」

「はい。じつは、うちの近所にお住まいのお旗本なのですが、なんでも幽霊を食べてしまったらしいんです」

「幽霊を食べた？」

根岸の大きな耳が、ひくひくと動いた。

しめの家は、内神田《うちかんだ》の駿河台《するがだい》よりにある。根岸の本来の屋敷にも近い。

その駿河台に屋敷を持つ男の話で、根岸はこの話をだいぶあとになって、ほんのさわりだけを『耳袋』に書いた。住まいなども、駿河台ではなく、四谷としておいた。

もちろん差し障りがあったからである。

『耳袋』のほうは、こんな話になっていた。

四谷界隈に住む者が、夜中に用事があって歩いていたら、道の先に白い装束を着た者が立っているのを見た。

なんとなく妙な気配で、ようすをうかがっていると、なんと腰から下が見えていない。

さては幽霊かとあとをつけた。

途中まで来て、振り返った顔を見ると、大きな目玉が一つ、らんらんと光っている。

「こやつ、出たな！」

男は斬りかかった。

ついにこの幽霊を仕留めてみると、正体はなんと、大きな五位鷺《ごいさぎ》ではないか。

男はこれをかついで家にもどり、友だちを呼んで、鍋で煮て、食った。

幽霊を食ったと、界隈でも評判になっている話である。

「ほう。幽霊はうまかったのかな」

と、根岸は笑いながら言った。

「さあ。味についてはなにも聞いていませんが」

「うちの近くにそんな猛者《もさ》がいたのか？」

「まだお若い方で、今井雄次郎《いまいゆうじろう》さまとおっしゃるそうで」

「今井雄次郎！」

「ご存じでしたか」

「ああ、よく知っている。わしが勘定吟味役《かんじょうぎんみやく》をしていた時分の部下だよ。あいつが幽霊を斬っただと？　ああ、それはなにかの間違いというより、これだ」

根岸は笑いながら、眉に唾をつけるしぐさをした。

二

その夜のことである――。

根岸が表の奉行所から奥の私邸に引っ込んだころ、根岸を訪ねて来た者がいた。

「なんと、今井」

「はい。ご無沙汰をいたしまして、申し訳ございません」

大きな身体をすぼめるように頭を下げた。

「これはくだらないもので」

と、差し出したのは、鯖寿司が入った重箱だそうである。根岸の好物の一つだと知っているのだ。

「忙しいのだろう？」

今井はまだ勘定方にいる。有能とは言い難いが、与えられた仕事はきっちりこなすし、いい加減な仕事はしない。ただ、自分で仕事を見つけるようなことはしない。

「いや、まあ、適当に」

と、今井は煮え切らない返事をした。

「なにか、用があったのか？」

「はい。じつは……」

言いにくそうにしているので、

「そういえば、近ごろ、そなたの噂を聞いたぞ」

根岸のほうからそう言った。

「あ、幽霊のことですか？」

「そうだ。ちらっと聞いただけだ。本当の話か？」

「嘘ではありませんが、ちと、大げさに伝わっているようです」

「大げさに？」

「はい。いかにも豪傑ふうな話に伝わっていますが」

「自分で言ったのだろうが」

「それはそうなのですが、じつは相談したいのはそのことなのです」

「有体《ありてい》に申してみよ」

という根岸の言葉で、今井雄次郎が語り出した話は、たしかにしめから聞いた話とはずいぶん違っていた。

今井雄次郎は、その晩は遅くまで下谷《したや》の池之端《いけのはた》にある飲み屋で飲んだ。そこの女将とは、「この数年、なんというか、なじみ」なんだそうである。こういうことだけは抜かりのない男なのだ。

泊まって行けばとも言われたが、翌日の勤めもあり、酔いを覚ましがてら歩いて帰ることにした。

昌平橋《しょうへいばし》を渡り、まっすぐ行けば今井の屋敷はあるが、その両側は大きな大名屋敷がつづいている。人けはまったくなく、ちと不気味な感じがする。

しかも、一町（約百九メートル）ほど向こうに、なにやら白い装束を着た者が、ぼおーっと立っているのも見えた。

今井は大きな図体をしているわりに幽霊が苦手である。しかもしょっちゅう出遭う。人魂のような単純な幽霊なら、一夏に二、三度は出遭ってきた。

——またかよ。

そう思ったら、背筋が寒くなった。

その道を外し、わき道に入った。こちらは片側が町人地である。

ところが、すでに灯りは消え、番屋もなく、なおさら寂しくなった。ただ、かすかに惣菜や厠《かわや》のにおいがするのだけが、叫べば誰か返事をしてくれるだろうというかすかな安心感をもたらした。

半町ほど来たところである。

左手に小さな鳥居が見えた。ここはお稲荷さんの祠《ほこら》があったはずである。

だが、なんとなく嫌な感じがした。

——闇が意地悪そうに笑っている……。

今井がそう思ったとき、幽霊はすぐ前に出た。突然、飛び出した。

白い着物を着ていた。頭はあるが、なんと腰から下が見えてない。それが宙に浮かんでいるではないか。

恐怖は目から始まり、首から腰のあたりまで、いっきに広がった。

「うわっ」

今井はいったん腰を抜かしそうになったが、悲鳴を上げながら刀を抜き、無茶苦茶に振り回した。

「ああっ」

もう構えもへったくれもない。水の中に落ちてもがくみたいに、ひたすら刀を振った。

ばさっ。

と、音がした。手ごたえもあった。一度ではない。二度、三度と斬った。

斬れば斬るほど恐怖は増大する気がした。

ひとしきり刀を振り回し、

——ん？

やっと我に返った。

幽霊を斬ったのか。

見ると、目の前に五位鷺が落ちていた。

「なんだ、鷺か」

幽霊の正体は、枯れ尾花ならぬ、五位鷺だったらしい。

鷺が食するとうまいのは知っている。今井はこれを掴んで屋敷までもどると、近くの友人たちを呼びにやった。

「幽霊を斬ったら、正体は五位鷺だった。鍋にするからいっしょに食おう」

やって来た仲間の前で、今井は言った。

「幽霊が出たら、とりあえず斬ってみることだな」

「と、まあ、ここらがじっさいのところです」

今井雄次郎は身をすくめるようにして言った。

「ずいぶん違うな」

「ええ」

「豪傑の武勇伝みたいに広まっているぞ」

「調子に乗って、大げさに吹聴したかもしれません。根岸さまにはわたしの正体も知られていますので、本当のことを申し上げました」

「うむ」

今井は剣をよく遣う。ただ、根岸は知っているが、道場の剣術である。じっさいの斬り合いなどしたことがないし、やるとなったら怖くて駄目だろう。

女がらみで、やくざに脅されたことがある。そこらの地回り一人にすっかり怯えて、根岸に後始末を頼みに来た。根岸が会って話をつけたが、わずか三両でことは済んだ。「なんのための刀だ」と叱ると、「やくざなんか斬ったら、しまいには何十人から追いかけられると言いますよ」と、言い訳していた。

そういう過去を知られているので、今日は正直に話したらしい。

「ま、いいではないか。これでますますそなたにちょっかいを出そうなんてやくざも出なくなる」

根岸は厭味《いやみ》も言ってやった。

「ところが、そうはいかなくなったのです」

「なにかあったか？」

そういえば、鯖寿司を持参している。頼みごとがなければ、こんなことはしないやつである。

「わたしの噂を聞いたと言って、あの近所の、火消しの頭領と、北村総兵衛《きたむらそうべえ》という浪人者が、とんでもないことを言ってきたのです。あの晩、浪人者の娘が何者かに斬られて死んだと」

「……」

根岸は眉をひそめた。

事故なら最悪の事態だろう。おおげさに吹聴している場合ではないし、笑い話にもならない。

「娘は白い着物を着ていたそうです。貴殿が斬ったのは、五位鷺ではなく、うちの娘だったのだと、そう申すのです」

「それで、どうした？」

「証拠があるまいと言って追い返しました」

「覚えはあるのか？」

「わかりません。が、向こうは諦めるようすはなかったです。騒ぎになると、勤めにも差し支えます」

今井はがっくり肩を落とした。

正直言って自業自得である。

もし、本当なら、当然のことながら詫びて、できるだけのことをしなければならない。

ただ、疑念はなくもない。

「もう少しだけようすを見ろ」

と、根岸は言った。

三

翌朝——。

下っ引きのしめは、神田の三河町《みかわちょう》にいた。ここは、家のすぐ近所である。

朝早くから根岸に呼び出され、

「この前あんたに聞いた話を調べてもらいたい」

と、言われた。なんでも、幽霊は五位鷺などではなく、本物の若い娘だったかもしれないというのだ。

「それはお安い御用です」

しめは大きくうなずいた。

なにせ、すぐ近所のことである。身分を偽る必要もない。

堂々と、その浪人者の長屋の路地に入り込んだ。

「ねえ、ここのご浪人の娘さん、斬られて亡くなったって、ほんと？」

井戸端で洗濯をしていた若い女房に訊いた。

「そうらしいんだけど、あたしはおしまちゃんの顔も見てないしね」

娘の名はおしまと言うらしい。浪人者の名は、北村総兵衛というとは根岸から聞いていた。

「顔も見てないって、どういうこと？」

「北村さまがここで弔いをせず、なんでも元の藩のご親戚の家に運んだそうなんだよ」

「そうなの」

「大家が北村さまに訊いたんだけど、その話は訊くなと言われたんだって」

「ふうん、変な話だね」

「北村さまは、去年、長患いをしたご新造さまを亡くしたじゃないか」

「そうなの」

「以来、すっかり元気を失くしてしまってさ。だから、詳しいことなんか訊けないよ」

「じゃあ、薬代とかも大変だったろうね」

「そうだろうね。だから、おしまちゃんもあんなことになったんじゃないか」

「あんなこと？」

「吉原《よしわら》に売られることになったんだよ」

「まあ」

「娑婆に未練もあるだろうからって、十日ほど待ってもらっていたみたい」

「そのあいだに……」

なんて不運な子だったんだろう。

「かわいそうに。それでおしまちゃんが亡くなったら、たぶんもらっていた前金なども返さなくちゃならないだろうし」

「そうだったの」

しめが目を瞠《みは》ったとき、長屋の戸ががらりと開いた。

「あれが北村さまよ」

と、若い女房は小声で言い、洗濯をつづけた。

しめはそっと顔を見た。

歳は五十くらいか、頭からつま先まで貧しげで、しおたれている。さすがのしめも、この北村に娘のことを訊く度胸はない。

いままで、娘を吉原に売るような親はろくな者じゃないと思ってきたが、このようすを見たら、そういう憤懣《ふんまん》も消える。

同情を覚えながら、路地を出て行く後ろ姿を見つめた。

根岸からは、火消しの頭領も関わっていると聞いている。

このあたりを担当しているのは、四十八組のうちの〈よ組〉である。この〈よ組〉というのは、町火消し四十八組のなかでも最大で、七百人を超す火消し人足を抱えていた。

それだけに、束ねる頭領の力も人望も他を抜きんでているくらいでないと、統率しきれない。

そんな頭領が、どうしてこんな怪しげなできごとに関わっているのか、それも謎である。

頭領は丑右衛門《うしえもん》と言って、多町《たちょう》に家を構えている。火消しの頭領のかたわら、野菜の仲卸などもやっていて、青物市場の顔役でもある。

しめが家の前に来ると、見覚えのある頭領が出かけるところだった。

「おう、辰五郎《たつごろう》親分のおっかさんじゃねえか」

頭領はしめを見て言った。

「あら？　あたしのこと、知っているんですか？」

「そりゃ知ってるよ。何度も会ってるだろう」

歳は五十くらい。苦み走ったいい男である。おかみさんはいるのだろうか。

「はあ。会ってはいますが、ほかにも人はいっぱいいたし、覚えているわけがないと」

「覚えてるよ、しめさんのことは」

と、名前まで言った。

「あら」

「目立つもの。しめさんは」

「そうですかぁ？」

「ここらじゃしめさんを知らない人はいないだろうよ」

「それほど？」

いったいどんなふうに目立っているのか、くわしく訊きたい。捕物の名人としてか、それとも一人の女としてか……。

「いま、急ぎなんだが、なんか用かい？」

「いや、いいんです」

しめはめずらしく赤面した。

四

しめは、幽霊が出たというあたりにも行ってみた。

三河町もいちばん外れの四丁目で、通りに店などはほとんどない。粗末な長屋が並び、夜はかなり寂しい感じになるだろう。

小さな稲荷の祠がわきにある。この稲荷もまた、崩れかけていて、神社というよりは物置き小屋である。

なるほど、なんとなく気味が悪いところである。

近くの日陰で涼んでいる爺さんに訊いた。

「ここらは幽霊が出そうだね？」

「いっぱい出るよ」

爺さんは嬉しそうに言った。

「いっぱい？」

「ああ、毎年いま時分になるとね」

「怖くないのかい？」

「おれもうじきそっちだもの」

真面目な顔である。

しめは地面を見た。

「これか……」

血の痕があった。羽毛も飛び散っていた。

ここで五位鷺が斬られたのだろう。

羽毛といっしょに布の切れっぱしも落ちていた。血もついている。

足跡は乱れている。

祠の裏も見た。

お稲荷さんだが、祠はけっこう大きい。人間の二人や三人くらいは隠れられそうである。

戸を開けると、中は足跡のようなものがいっぱいあった。

じっさい隠れていたのではないか。

「ほかにも人がいたんじゃないのかね」

しめは口に出して言った。

しめの報告を聞き、根岸も直接、その現場を見に行った。椀田《わんだ》、宮尾《みやお》、しめも連れている。

一通り見て、

「なるほどな」

と、つぶやいた。

「なにか、わかったんですか？」

「よ組の丑右衛門がからむとなると、だいたいは見当つくさ」

娘は本当に斬られて死んだのか。おしまという娘が無事でさえいてくれたら、たいがいのことは瑣事となる。

最大のカギはそれである。

「あの頭領はいい男ですよね」

しめはうっとりした顔で言った。

「たしかに二枚目だな」

根岸も認めてうなずいた。

「それもにやけた二枚目じゃありませんよ。なんと言うか、火事で何度か焼かれているうち、煤《すす》で木目《もくめ》が浮かび出てきたって感じ」

しめの言葉に、根岸ばかりか椀田や宮尾も大声を上げて笑った。

「たとえが変でしたか？」

「ふつうに言うと、いぶし銀というあたりかな？」

「そうです。それを言いたかったんです。火事で焼かれちゃったら大変ですよね」

「あっはっは。しかも、顔だけじゃねえ。あいつは気風《きっぷ》もいいんだよ」

そう言って、根岸は〈よ組〉の頭領の家に向かった。

「お奉行さま。手みやげとかは要りませんかね？」

しめが歩きながら訊いた。

「手みやげ？　それはしめさんがしたけりゃすればいいさ。だが、そのときは奉行所の名は出さずに、しめさんの名だけにしてくれよ」

「いや、それは」

しめはまた顔を赤らめた。

「これは、根岸さま」

頭領の家に一歩入ると、若い者が驚いた。

町火消しは奉行所の管轄である。若い者も正月やなんやかやで、根岸の顔は見ている。

「丑右衛門はいるかい？」

「いま、出かけておりまして」

「そうか。じゃあ、頭領に訊いておいてくれ、いまどきの若い連中は、胆試しなんてするのかい？　となГ

「わかりました。それだけですか？」

「ああ、それだけでいいよ」

根岸はどこにも寄らず、奉行所にもどった。なにせ、まだ書類が片づいていない。

五

〈よ組〉の頭領の丑右衛門が、若い者を四人ほど連れて奉行所にやって来たのは、暮六つからすこし経ったころだった。

根岸は私邸のほうで晩飯を食べ終え、一休みしているところだったので、そっちに回ってもらった。

「おう、おそらく来てくれるだろうと思ったよ」

と、根岸は言った。

「なんと申しますか、とにかくあい済みませんでした」

丑右衛門と若い者四人が、いっせいに頭を下げた。

「ふっふっふ。そんなに頭を下げるほどのことかい？」

根岸は笑った。

「いや、根岸さまが直接訪ねて来られたと聞いて、すぐに観念いたしました。これが同心さまあたりでしたら、しらばっくれてすまそうかと思っていたのですが」

　幸い、椀田も栗田《くりた》もいない。

「やはり胆試しだったか」

「はい。あっしはおりませんでしたが、こいつらが遊んでいたみたいです」

　四人はいずれも若い。まだ二十歳前くらいだろう。

「五位鷺はどうしたんだ？」

「へえ。うちのおやじが飼っていたのを借りまして、頭から白い布をかぶせ、通りかかる人の前に飛び出させたりしていました。五位鷺のほうは紐で足を結んでいたので、逃げることはありませんで」

　と、四人のうちの一人が言った。

「なるほど。そこへあの今井雄次郎が通りかかったのだな」

「町人を脅すのも飽きてきたので、武士もやっちまえと。ほんの悪戯《いたずら》心でした。ところが、あのお侍があんまり怯えて、刀を振り回し、あの仕掛けに使った五位鷺を斬ってしまったのです」

「なるほど」

「なにも斬るほど怯えることはねえのにと思いました。そこへ、あの豪傑めかした噂話を聞きまして、ふざけるなよと思ってしまったのです」

「浪人者の娘のことを持ち出したのは？」

根岸が訊くと、

「ええ、その前からおしまちゃんが吉原に売られるのはあまりにも可哀そうだと言っていたのです」

「あのお侍をゆすって、借金を帳消しにしてやろうと」

「あれだけ怯えていたし、真っ暗だったし」

「なにを斬ったかも覚えているわけはないですしね」

四人がそれぞれに言った。

「なるほど」

「それで、こいつらが相談したことをあっしに持って来まして、そいつは面白い、やってやろうじゃねえかと」

「たしかに面白いわな」

根岸は苦笑しながらうなずいた。

これが四十年以上前のことだったら、このなかに自分や五郎蔵《ごろぞう》も加わっていたに違いない。

「じつは、さっき根岸さまがお出《い》でになったとき、あっしは今井さまのところを訪ねていまして」

「そうだったか。それでなんと言っていた？」

「わしのほうでも、本当にわしに過失があったかどうか、調べてもらっていると。もし、本当だとわかれば、金は出すとおっしゃっていただきました。ただ、あちらも内証《ないしょう》は厳しいらしく、十両でどうにかならぬかと」

「そんなことを言ってきたのか」

根岸は呆れた。

六

その晩のうちに——。

根岸は自ら今井雄次郎の屋敷を訪ねた。

椀田豪蔵《ごうぞう》と宮尾玄四郎《げんしろう》、それに若い女中を連れている。

三人は控えの間に入り、根岸だけが客間であるじの今井と向かい合った。

「まずいな」

根岸が眉に皺《しわ》を寄せてそう言うと、今井の顔が強張った。

「そうですか」

「わしのほうでも調べたが、あの者たちの言うことに間違いはない」

「わたしは、やはり娘を？」

「うむ。斬っていたようじゃな。しかも、一太刀ではない。もう、顔から身体からメッタ斬り。あれでは長屋で葬式はしたくなかっただろうな」

根岸は自分でも遺体を見たような顔で言った。

「うわぁ、そうでしたか」

今井は自分の手のひらを見ながら、ぶるぶると震えた。

「しかも、あの娘は伝手《つて》があって、松平定信《まつだいらさだのぶ》さまのお屋敷に上がることになっていたそうだ」

「なんですって」

「それも、一度娘に会われたら、たいそうお気に召してな。なんでも、和歌の才があったらしいのさ。定信さまもあれで、まだまだお元気だからな」

「え？」

「ま、ないとは思うが、ほら、お手がついたり」

「え、ええ」

「そうしたら、下手すりゃ子ができるかもしれぬ。あの歳で子などできたら、どれだけ可愛がるか」

「そ、そうでしょうな」

「それくらい楽しみにしていた娘が、こともあろうに幽霊に怯えた武士に斬られたと知ったら、はて、どれほど落胆なさるか、いやお怒りになるか」

「わかりました。向こうの言うことをすべて飲みます」

　今井は慌てて言った。

「ところで今井。そこに柿右衛門《かきえもん》らしい壺が飾ってあるのう」

　根岸は床の間を指差した。

「はい。さすがにお目が高い。一時期、柿右衛門に凝ってましして」

「もしかして、掛け軸は池大雅《いけのたいが》か？」

「さすがでございますな」

「なあに、たまたま知っていただけだ。それで、北村某は、いくらと言ってきた？」

　天井や欄間のつくりなども見ながら訊いた。

「はい。供養に二十両と」

「二十両？　そんな端金《はしたがね》を言ってきた？」

「ええ」

「定信さまは、この前入れたお女中のときは百両準備なさっていたぞ」

「百両」

今井は思わず懐を押さえた。

「それをあの者たちはまだ知らぬのだろうな」

「それでは、わたしも同じ額を」

「うむ。そのほうがいいな」

「では、明日にでも向こうへ届けさせましょう」

「明日？」

「はい。両替屋に預けてある分から下ろして参ります」

今井家は二千石である。柿右衛門やら池大雅を買えるのである。それくらいの現金はかき集めれば出てくるのではないか。

「わかった。では、頼む」

と、根岸は立ち上がった。

控えの間に行き、

「椀田、宮尾。帰るぞ」

「はい」

うとうとしていたらしい二人が慌てて立った。

「あれ、もう一人お女中を伴なわれておられましたが？」

見送りについて来た今井が訊いた。

「女中？」

根岸は不思議そうに椀田と宮尾を見た。

「いや」

「誰のことですか？」

椀田と宮尾は首をかしげた。

「はい。まだ若そうな、赤い斑《まだら》の柄の浴衣を着た……」

「赤い斑の柄とは、まるで血のようではないか。そんな柄の浴衣があるか？」

と、根岸は言った。

「よ、よもや、あれは……」

今井は真っ青になっている。

歯がかちかちと音を立て始めた。

「どうした、今井。なにかに取り憑かれたみたいな顔をしているぞ？」

「ひっ。ね、根岸さま。ちと、お待ちを」

今井は足をがくがくさせながらいったん引っ込み、

「金、銀、銭と取り混ざってしまいましたが、これで百両ございます。すぐに届けさせます」

と、もどって来た。

「そうか。では、ついでがあるので、わしが届けてやろう」

「根岸さまが？」

「ああ。そなたが深く反省し、詫びていたと、くれぐれも言っておくよ」

「なにとぞ！」

今井は深々と頭を下げた。


外に出ると、さっきの女中がしめと頭領といっしょにいた。

「おしま。なかなか雰囲気が出ていたぞ」

根岸が声をかけると、

「そうでしょうか。笑いたくなるのを我慢していたので、苦しかったですよ」

赤い柄の浴衣を着たおしまは楽しそうに言った。

ここに来る前、浪人の娘のおしまと、初めて会った。

想像していた娘とはまるで違っていた。もっとおとなしい、貧しさに打ちひしがれているような青白い姿を思い浮かべていた。

だが、じっさいのおしまは違った。表情がくるくると変わる、顔立ちは愛らしいが色の黒い、元気そうな十七の娘だった。

「吉原に行くことになるなら、それもしょうがないやって思ってましたよ」

と、言った。
「和歌をつくるのが好きなので、そうなったら女郎の歌をいっぱいつくってやると
も」
そうも言った。
こういう明るさが、近所の若い男たちを魅了していたらしい。おしまはあの晩、
火消しの若い衆といっしょに、お化けの役をやっていた。もっとも、今井のような
やつがいないとも限らないので、遠くから姿を見せるだけにしていたらしい。
「おしまが吉原に行ったら、おれは毎晩、通おうと思っていたのに」
そう言った火消しの衆には、
「ばあか。誰があんたなんかと」
と、言い返すくらい、あけすけなところもあった。
昔、根岸の若かったころにも、こういう娘たちは周囲にいっぱいいたのだった。
こういう娘たちと話したり、騒いだりしながら、根岸は成長したのだった。根岸は
懐かしかった。これが江戸の若い娘なのだ。
それでも根岸がおしまを助ける方策を伝えると、
「行かずに済むんですか。嬉しい……」
と、言葉を詰まらせたものだった。

「今井のやつめは、真っ青になって百両持ってきたぞ」

「百両？　そんな大金を分捕ったのですか？」

おしまは目を丸くした。

「ああ。十両に値切ったという話を聞いたとき、むかっ腹が立ってな」

「それは、あたしもムッときましたよ」

と、おしまはうなずいた。

「まず、このうちの二十両で、吉原うんぬんの話はすべてちゃらにする。相手はがたがたぬかすかもしれないが、それはこの〈よ組〉の頭領がやってくれる」

「もちろんです」

と、頭領はうなずいた。

「残りの八十両だが、そなたの和歌の才なども生かし、あのあたりで手習いの師匠をしてはどうかなと思ったのだ」

「あたしがですか」

「うむ。そなたのような若い娘が教えると、そこらの若者もいっぱい来たがるかもしれぬ。ま、それも習わせてやるがいい。ただ、やはりそなたのような、金に困っている家の子がいたら、その子には束脩《そくしゅう》や月謝をなしにしてでも、教えてやれるようにしてもらいたい。その束脩と月謝分はそこから出すようにするわけさ」

「手習い向けの小さな家の代金と、向こうしばらくの貧しい子ども向けの束脩と月謝で、まあ八十両あればどうにかなるだろう。そこらの配分も、この頭領がやってくれるそうだ」

頭領がうなずくのを見て、

「頭《かしら》に悪いですよ」

と、おしまは言った。

「なに、言ってるんだ。おれたちだって、お武家を騙して二十両を取ろうとしたんだ。根岸さまにこのようにしていただかなかったら、これもんだ」

頭領は首のところを、手刀で撫でるようにして、

「それくらいはやらせてもらうぜ」

と、言った。

「よろしくお願いします」

おしまが嬉しそうに、大きな声で言った。

「はい」

七

小伝馬町牢屋敷周囲の人だかりは、かなりの数になっていた。

「百八十人ほどです」

岡っ引きの辰五郎は、根岸に報告した。

集まってきた者は奉行所のほうで名前を訊き、人相などを書きとめた。

だが、この者たちはけっして不穏な気配を漂わせたりしているわけではない。不安と悲しみを湛《たた》えた顔で、じっと塀の内側に思いをはせているだけなのだ。

だから、「出してくれ」とも、「会わせてくれ」とも言わなかった。どうやら、

「騒ぐのはやめよう。さんじゅあんさまにご迷惑がかかるだけだ」

そう言いかわしているらしかった。

根岸に圧力をかけてくるのは、こうした者たちではなかった。むしろ、評定所《ひょうじょうしょ》での会議に根岸を責める声が現われた。

先頭に立ったのは、寺社奉行の阿部《あべ》播磨守《はりまのかみ》だった。

「根岸。無実の男をいつまでも牢に入れておけば、お裁きに対する民の信頼が失われる。早く出獄させるべきだろう」

「おそれながら、裁きはまだでございますゆえ」

根岸はきっぱりと言った。

「なんの裁きをするというのだ？」

「この四、五年のあいだ、江戸ではさまざまな影響力を持った者が、闇の者と呼ば

れる一味によって暗殺されてきました。この者たちは、金で殺しを引き受けますが、今年の春ごろには、傘で取り囲んで人を殺すという連中が、つづけざまに不思議な殺しを実行しました。殺された者たちは、いずれもさんじゅあんの昔の仲間でした」

根岸の言葉に幕閣の面々がざわついた。

「それは、さんじゅあんが信者を増やすのを妬んだほかの集まりのしわざではないのか。江戸にはそうした集団が山ほどあるのだ」

寺社奉行の阿部は、その件については詳しいというように言った。

「いえ、違います。おそらく彼らは、さんじゅあんの過去について脅すようなことをしたため、殺されたのです。傘の一味も闇の者たちだったのです。そして、さんじゅあんこそ闇の者の背後にいる者ではないかと、わたしは睨んでいるのです」

「闇の者だと？　そんな馬鹿な。さんじゅあんの信者たちは、おとなしい、真面目に神仏のことを考え、拝む者たちだぞ。そのようなことに関わっているわけがない」

阿部はきっぱりと言った。

「大多数の信者たちはそうでしょう。その、ひたむきな思いを利用し、敵対する者を排除することに使命感を与えるのでしょうな」

「裁きで明らかにできるのか？」

「きわめて難しいと思われます。だが、一つずつ丹念に調べていけば、かならずやさんじゅあんたちにつながっていくと期待しております」

「さんじゅあんたち？　いま、たちと申したか？」

出席者たちのあいだに、互いに見かわすような気配が走った。

「はい。さんじゅあんの集まりは、芝の増上寺あたりで生まれた小さな信者組織のようなものから、徐々に大きくなっていきました。切支丹《キリシタン》の教えも合体し、奇妙な、しかし人の心を揺さぶる切実な信仰になりつつあります。しかも、あの者たちは大きな力に守られてきたようなのです」

「大きな力とはなんだ？」

「それをいま、ここでは」

根岸は言葉を濁した。

「思わせぶりはよせ」

阿部播磨守は迫った。

「それは丹念に調べていけば、かならずたどり着きますので」

根岸も応じない。

「さんじゅあんとは、どのような者なのだ？」

と、わきからほかの寺社奉行が訊いた。

「わたしはまだ会ってはおりませぬ。だが、たいした人たらしなのでしょう。接する者すべてとは言いませんが、多くの者がさんじゅあんの言葉に耳を傾け、人と教えに傾倒してしまいます。当然、裁きのときには会うことになりますが、じつに楽しみです」

「わしは何度か会ったことがあるぞ」

と、阿部播磨守が言った。

「阿部さまが？」

「ああ。どこかの寺で、信者の集まりを許して欲しいと頼まれた。自分たちの寺は持たず、いまある寺や神社の境内を使いたいというのだ。その寺や神社がよいというなら、わしのほうは別に反対する理由はない」

「なるほど。して、さんじゅあんの人柄は？」

「欲のない男さ」

「そうらしいですね」

「いつも擦り切れて垢じみた着物を着ている。根岸などよりずっと粗末だ」

「それはまた」

わざわざ引き合いに出され、根岸は苦笑した。

「酒も茶も飲まず、煙草も吸わない。食いものだって、信者と同じ、粗末なものを食べている。自分の家もない。信者の家を泊まり歩いている。売れっ子の芸者を妾にしたりもしない」

「さようで」

これも根岸への当てつけだろう。だが、力丸《りきまる》は妾ではない。男女の仲だが、暮しの面倒などいっさい見ていない。

「なあ、根岸。そういう男が、いったいどんな悪事をおこなう？」

阿部播磨守は、根岸を見据えて訊いた。剣呑《けんのん》な雰囲気になっている。

「不思議ですね」

「闇の者というのは、わしも噂を聞いたことがある。多額の金をもらって人殺しを請け負うというのだろう」

「そのようです」

「さんじゅあんがそんな金を持って、なにをするというのだ？」

「金はさんじゅあんが使うとは限らないのでしょう。自分たちを庇護してくれる者のところに行ったり、あるいは土地を購《あがな》ったり、いくらでも使い道はありましょう。さんじゅあんはもしかしたら、この国に楽土をつくろうとしているのかもしれませんな」

「わからん男だな。さんじゅあんは、食いものや着るものだけを欲しがらないのではないぞ。あの男は、誰に命令するのでもない。神仏の声を聞き、それを伝えはするが、あの男は自らが力を得ようとはしないのだ」

「ずいぶんなお褒めの言葉ですな」

「いや、そんなことはないが」

阿部播磨は狼狽《ろうばい》した。

「そのあたりも薄々は聞いております。もしかしたら、さんじゅあんは遊んでいるのかもしれませんな」

根岸は遠い目をして言った。

さんじゅあんが世俗の欲を捨てた暮らしを送っているのは、おそらく阿部播磨守の言うとおりだろう。もともと無欲だったのか、ある時期から欲を捨てたのか、それはわからないが、私腹を肥やすといったことはしていない。

また、若いうちから神や仏に向き合ってきたのもたしかである。だが、その信仰の道は決して一筋の道ではなかったはずである。仏の道も、神の道も、さらに切支丹の教えも取り入れ、民のあいだの迷信ですら利用してきたかもしれない。さんじゅあんの信仰は、迷いあぐねた末のごった煮のようになっているのだ。

そして、根岸はいま、さんじゅあんのすることに、なにもかもぶち込んで、結局わからなくなったあげくの遊びのようなものを感じている。子どもが、最初は真面目に描いていた絵が、だんだんおかしくなってきたので、しまいにはぐちゃぐちゃの訳のわからない絵にしてしまうように。

遊びをせむとや生まれけむ。

遠い昔の歌謡の一節だったはずである。

遊ぶ子どもは無邪気である。遊ぶようすは、傍から眺めても、心が穏やかになる。だが、人は本当に遊ぶために生まれてきたのだろうか。

遊ぶしかなくなってしまった人間は、不幸ではないのか。

「遊びだと？」

「はい。もしかしたら、なにもかもに絶望した男が、神仏を使った壮大な遊びをおこなっているのやもしれません」

根岸はきわめて真摯《しんし》な顔でそう言った。

小伝馬町の牢屋敷から、いま、一人の男が解放されて、門の外へ出て来た。

ふつうは奉行所で裁きがおこなわれ、微罪の場合は奉行所から解放される。だが裁きの前に、無実であったことが明らかになったりすれば、牢屋敷からそのまま無罪放免となる。

男は待っている者たちを見回し、中のさんじゅあんのようすを伝えた。

「寿安さまは、落ち着いておられるよ。静かに祈りを捧げておられる」

「なにか話されてはいなかったかい？」

信者の一人が訊いた。

「ああ、こんなふうにおっしゃっていた。うまく伝えられるかどうか……」

男はちょっとためらうような顔をし、一つ大きく息をしてから語り出した。

「……まもなくわたしは召されるであろう。悪の巨魁《きょかい》によって無実の罪を着せられることから逃れさせるため、遠い楽土から舟が迎えに来るだろう。王はもどれと。わたしはあなたたちより一足先にその楽土に行くだろう。その楽土の、つましい舟に乗って。そうした舟こそ、わたしにふさわしい乗り物だからだ」

第四章　乙姫さま

一

ひと月ほど前のことである。

安房の海辺に、一人の女が倒れているのを、海藻を拾っていた爺さんが見つけた。

爺さんは、波に打たれながら横たわる女を、恐々と見つめた。

あまりにも白い肌のせいで、死んでいるのかと思ったが、やがて下腹部が規則正しく動いているのがわかった。

爺さんはつい嬉しくなって、しばらく裸身を眺めていたが、

「これ、あんた……」

肩のあたりを摑んで、揺さぶった。

女は素っ裸である。

しかも、若く、美しい。

「しっかりしなせいよ」

爺さんの声に女は目を覚ました。

女はぼんやりしていた。

「溺れたのかね？　水は飲んでないか？」

答えはないが、溺れたにしては元気そうである。

人を呼んで介抱したが、さっぱり埒《らち》が明かない。なんとなれば、言葉がまったく通じないのである。

耳が聞こえないわけでも、声が出ないわけでもない。なにか話すのである。

だが、なんと言っているのか、わからない。

異国の言葉らしい。

爺さんは、女を代官所に連れて行くことにした。ただ裸は可哀そうなので、途中、家により、婆さんの着物を貸してやった。

婆さんは裸の若い女を見ると、急に機嫌が悪くなった。爺さんがやけにいそいそしているようすを見ると、なおさら眉根の皺を深くして、

「この助平爺い」

と、大きな声で言った。

この村は、旗本の岩井《いわい》秋之丞《あきのじょう》の知行地《ちぎょうち》になっている。岩井秋之丞は無役だが、六

千石をいただく大身で、本所に四千坪にも及ぶ屋敷を構えていた。

代官は爺さんの話を聞くと、自分でも女に声をかけたが、やはりまるで意思の疎通はできない。

「殿のご意向をうかがわなければ」

と、本所の屋敷に早馬を出した。

女は結局、五日ほどこの代官所にいた。

そのあいだに、江戸の岩井家と何度かやりとりがあって、女はまもなく江戸屋敷に移ることになった。

その際、代官や領民たちに対して、

「この件については、他言無用」

と、厳命された。

その命を受け、多くの者は、

――ははあ。

と、思った。

なぜなら、江戸の岩井秋之丞は、好色なことで知られていたからである。これまでも、

「見目のよいおなごがいたら、江戸屋敷に仕えさせよ」

という命がしばしば届いて領民たちをうんざりさせてきた。

ただ、いくら大身の旗本でも人狩りのように無理やり連れて行くことはできない。噂が伝わり、目付筋に嗅ぎつけられないとも限らないのだ。

そのため、おなごの親には相当の礼をするのがつねであった。

今度の女にはそんな必要はない。なにせ海から流れついた女である。

その美しさや、親もわからないという身の上を伝え聞いた岩井秋之丞は、

「わしのもとに乙姫さまがやって来た」

と言って喜んだのだという。

だが、その言葉をさらに伝え聞いた領民たちは、こう噂をした。

「なんであの殿さまのところに乙姫さまが来るもんかね。海の化け物がやって来たに違いねえだよ」

二

「根岸《ねぎし》に訊きたいと言っている者がいる」

そう言って、元老中松平定信《まつだいらさだのぶ》が根岸のところに来た。定信はいつも突然やって来る。

「なにをでしょう？」

「それがろくでもない相談なのだ」

「ろくでもない相談は、しばしば悪事を見つけるきっかけにもなります。それはぜひ聞きたいものです」

嘘ではない。ろくでもない相談。奇妙なできごと。それらは、悪事発覚の糸口になる。根岸は大歓迎である。

「あっはっは。なるほど。いや、それならそれでよいのだ。じつはわしの遠縁の者の話なのだ」

「ははあ」

「どうもわしの遠縁の者には、かなり困った者が多い気がするのだ。近い縁者には上さまもおられるが、遠縁となると俄然、怪しくなる。変な道楽を持つ者、くだらぬことで身を滅ぼす者、ろくでもないことばかりする者、そういった者が目白押しだ」

定信は心配げな顔で言った。

「いや、そうしたものなのですよ。ただ、たいがいはそうした者とは疎遠になって、なにをしているのかわからなくなるのですが、御前のように高い地位にお上りになると、いつまでもつながっているため、自然、耳に入ってくるのですよ」

「そうかな」

「ええ。誰だって遠縁の者にはろくでもない者が何人かいたりするのです」

「それならよいが、じつはその遠縁の旗本で、岩井秋之丞という者がいるのだ。いま、五十くらいか。しょうもないやつで、親戚中で持てあましておる。これが知行地から連れてきたおなごが、どうも狐憑《きつね》きらしい」

「ははあ、狐憑きですか」

根岸はすこしがっかりした。

きわめて多い話である。本当に狐の霊がついたと思える事例とは出喰わしたことがない。たいがいは、もともと奇矯《ききょう》なところがあった者が、いっきに言動がおかしくなったりする。それは、狐とは関係ない、心の病のように思える。

「ただ、女の見目のほうは素晴らしいそうだ。それで、岩井のやつは側女《そばめ》にしたいのだが、狐憑きということになると、なにかまずいことにならないかと心配になったらしい。それで、わしが『耳袋』の著者である根岸肥前と知り合いだというのを聞き、訊ねてもらえないかというのさ」

「いやはや、たしかにくだらぬことを頼まれましたな」

根岸は遠慮のないことを言った。

「馬鹿な男なのじゃ」

「御前も親戚とはいえ、そうしたお人はあまり相手になさらないほうがよろしいのではありませんか」

「そうなのさ。わしだってほかの事情がなければ、馬鹿者、そんな女を側女にしたら、そなたも尻尾が生えてくるぞと脅して終わりにする」

「ほかの事情?」

「そう。その狐憑きの女というのは、あやつの知行地である安房の海辺に流れついた異国の女ではないかと思えるふしがある」

「なんと……」

「そこらはわしに隠しているのだが、別の筋からの話で、疑わしいことがわかったのだ」

「ははあ」

別の筋というのは、密偵の報告に違いない。

定信は密偵を使うことを好む。

おそらく安房から上総にかけては、国防のため何人もの密偵を潜入させているはずである。だから、ふしがあるなどというのは、相当、確実な話なのだ。

「な、大ごとだろう?」

「本当だとしたら、そうですな」

じっさい、安房の沖などには異国の船がやって来ているのだ。松平定信もこれを重要視し、老中だったころの幕閣は対外方針をめぐって揉めることはしょっちゅうだったと聞いていた。

だから、その異国の船が遭難したり、あるいはなんらかの事情で女が甲板から落ちたりして浜に流れ着くことは、けっして不思議でもなんでもない。

ただ、その女を匿《かくま》って、妾にしたなどとなれば、外交の問題に発展しかねない。

「異国の女を匿うだけでも不届きなのに、その女のようすを聞くと、どうもただの狐憑きとは違うような気がするのだ」

「なにがです？」

「庭にある稲荷の祠になにやら願文《がんもん》のようなものを置いて拝むらしい。すると、その願いは達成されてしまうらしい」

「達成される？」

「そう。わしが聞いたのでは、くじらが食べたいと祈ったら、数日後、知行地からくじらの肉が届いたそうだ」

「それは詳しくうかがいたいですね」

それはおそらく簡単な手妻のようなものだろう。根岸が昔、五郎蔵《ごろぞう》と組んでやっていたような、たとえばいろんなところに同じものを隠しておき、さも、そこの一点で的中させるようにする類いの。

「おう、わしもそなたが調べてくれたら助かる。では、どうしようか。そなたが直接行くわけにはいくまい？」

「いろいろ面倒なことがありますので。それよりは、宮尾《みやお》か椀田《わんだ》を御前といっしょに訪ねさせ、いろいろ調べさせてもらえればありがたいです」

「もちろん、かまわぬ。宮尾がよかろう。あやつはおなごにもてそうだし」

定信はちらりと横を見た。

ちょうど宮尾が台所のほうで、女中と軽口を叩いているのが見えた。

「それに、宮尾は安房の生まれです」

「そうだ、そなたの知行地もあのあたりだったな。それは好都合だ」

「坂巻《さかまき》もあのあたりですが」

「いや、坂巻は真面目過ぎる。得体のしれぬ女を調べるなら、宮尾のようなやつのほうがよかろう」

「たしかに」

と、根岸は笑った。

その坂巻は、ちょうど長屋のほうで客を迎えていた。

このあいだ再会した剣術の師匠の小田林蔵《おだりんぞう》が訪ねて来ていたのである。

「あちらが、根岸さまの私邸になるわけか」

小田は、坂巻の部屋の小窓から遠慮がちに母屋のほうを見て言った。

暑いので、あらゆる襖《ふすま》や戸は開け放たれており、根岸がいる部屋のあたりも見えている。

「そうです。いま、松平定信さまがお見えになっておられるようです」

坂巻は、師匠に甘味を加えた冷たい井戸水を出しながら言った。

「定信さまが？」

「ええ。御前と定信さまはご昵懇《じっこん》であられますので」

坂巻はつい自慢げな口調になった。

「坂巻はいまの暮らしに満足げだな？」

「ええ。充実していると思います」

「わしはてっきり嫁をもらっているかと思っていた」

「それがまるでもてませんので」

「なにがもてないものか。そなたのような好男子が」

「そんなことはありませんよ」

坂巻は思わずうつむいてしまう。姿を消したおゆうのことをいまだに忘れられずにいる。

「剣のほうはどうだ？」

「ええ。稽古のほうは怠りありません」

「二天一流は腕力を必要とする。たえず鍛錬しなければなるまい」

「まったくです」

坂巻は腕をさすりながらうなずいた。

顔立ちや物言いなどから、あまり鍛え上げた筋肉などは想像されにくい。しかも細身である。

だが、全身鍛え上げられた鋼《はがね》のような身体を持っている。

「お師匠さまは江戸で道場を？」

「いや、もう、そんな元気はない」

「なにをおっしゃいます。まだまだご壮健で」

小田は四十代半ばといったところか。

じっさい、上背は坂巻より低いが、首の太さや肩幅などは、坂巻の倍くらいはある。

「また旅に出ようかと思っている。そなたにもいいところで会えた」

小田は嬉しそうに言った。

三

宮尾玄四郎《げんしろう》は、松平定信とともに、本所にある岩井秋之丞の屋敷を訪ねた。

六千石の旗本で、四千坪の屋敷。旗本の根岸家は、町奉行をしているあいだの加増分をのぞけば、五百石である。屋敷の広さは、五百坪足らずといったところではないか。しかも、坂の途中にある。

ここの四千坪は見るからに広大である。手入れもほとんどされておらず、塀の上から木の枝がずいぶんはみ出している。その木々には蔦《つた》などもからまって、鳥の巣なども見える。根が大きく伸びて、塀を崩しつつある箇所も見える。

定信はちらりと見て、

「見苦しいだろう。こういうやつだ」

と、宮尾に言った。

「出そうですね」

「うむ。祟《たた》られるといいのだ」

定信も面白そうに言った。

元老中のふいの訪問に、あるじの岩井は驚いて飛び出して来た。

「これはこれは、御前、わざわざお出でいただきまして」

痩せて、小柄な男だが、身体の動きは俊敏そうである。

奥の間に通された。

なまじ木が生い茂っているせいだろう、入ってくる風は心地よい。

定信は出してもらった冷たい茶をうまそうに飲み、

「このあいだの話だ。わしも気になってな」

と、言った。

「いや、御前がご興味を抱くような話では」

まさか定信がじきじきに関わってくるとは思わずに話をしたらしい。

「根岸には話した」

「恐れ入ります。して、なんと?」

「うむ。狐憑きなら、側女はやはりまずいと」

「そうですか」

「そなたに憑くやもしれぬ」

「なんと」

岩井は青くなった。

「もう、憑いたのではないか?」

定信は顔を近づけ、瞳をのぞき込むようにした。

「いや、それはありませぬ」

慌てて首を横に振った。

「ただ、本当に狐憑きかどうかは、判断が難しいらしい」

「そうなので」

「この者は、根岸の家来で、狐憑きに詳しい男でな」

と、宮尾を紹介した。

宮尾はしれっとした顔で、

「はい。いままで数え切れないくらいの狐憑きを見てきました」

嘘である。

ただ、女が宮尾に怒って声を荒げ、ものを投げたりするところは何度も見た。あれも軽い狐憑きというなら別であるが。

「ほう」

岩井は頼りになるというように宮尾を見た。

「狐憑きを舐めてはいけません。一匹の狐が、とある旗本家の者二十人ほどに次々に憑依《ひょうい》して、あげくは一人残らず、狂うか死ぬかしたこともあります」

と、宮尾は言った。

「狐憑きというのはうつるものなのか？」

岩井は怯えた顔で訊いた。

「うつるというよりは、屋敷中を恐ろしい速さで飛び回ったりするのです。びゅーっと、それはもう凄まじい光景です」

「そうなのか……」

「ただ、狐が抜けてしまうと、今度は素晴らしくいい人間にもどったりします。女が優しく、男に尽くすようになった例もわたしはいくつか知っています。ただ、抜けやすい狐か、しつこい狐かはなかなか見分けがつきにくかったりします」

宮尾は重々しい口調で言った。

「それで、当のおなごはどこにいる？」

と、定信が訊いた。

「いまは……」

岩井は縁側のほうに出て左手を眺め、

「あ、あそこに」

と、指差した。

離れがあり、その近くの小さな池のほとりに立っていた。

「あそこは茶室か？」

「昔はそうだったのですが、いまは知行地から来た者が泊まるところにしています」

「なるほど、きれいなおなごだ」

「ただ、言葉が通じません」

岩井がそう言ったので、

「言葉が通じないのに、稲荷に願文を書くのですか？」

と、宮尾が訊いた。

「おかしな文字で書くのだ」

「くじらの願いが通じたそうですね」

「さよう。願文の中に、くじらのかたちをした文字があった。どうも海にいるとき
は始終食べていたようなのだ」

そのとき、大きな声がした。

女がなにか言ったのだ。

こっちの棟から、女中が駆けて行って、なにか話している。といっても言葉は通
じないのだから、身ぶり手ぶりのほうが多い。

女は女中に頼み、庭の奥にある祠のカギを開けてもらい、願文を取り出し、なに
か言っていた。

女中がこちらへもどって来たので、

「なにを騒いでいたのだ？」

と、岩井が訊いた。

「はい。鉢植えの朝顔の花が咲いているのを見て喜んだようです。やはり、願文に朝顔の花が見たいと頼んだみたいです」

「咲きそうになっているのを知っていて書いたのでは？」

宮尾が岩井の後ろから訊いた。

「いいえ。あの鉢植えは、宿下がりしていた者が昨夜遅くに、持って来たものです。これが願文です」

と、女中は願文を見せた。そこには、たしかに朝顔と見える花のかたちがあった。

「宮尾。じかにあの女と話してくるがよい」

定信が言った。

四

宮尾は庭下駄を借り、客間から離れのほうへ近づいて行った。

あいだは二十間ほどある。

途中で女は近づいて来る宮尾に気づき、目を瞠《みは》るようにした。

変わった顔立ちである。細く小さな顔だが、鼻が高く、口元が低い。目は茶色っぽく、髪の毛もやはり茶がかっている。

肌は白く、血の色が透けて桃色が滲んでいる。

きれいな女だが、むしろ町中にいたら異様さのほうが目立ってしまうのではないか。

――これはやはり異人かもしれない。

と、宮尾は思った。

すぐそばまで近づき、

「よう」

笑いかけた。

宮尾は女の前でも緊張することはない。むしろ、男と接するよりのびのびする。助平なのだと言われることもあるが、そういう気持ちだけではない。

女は柔らかい。身体も柔らかいが、気持ちも男より柔らかい。こっちが笑顔で接すれば、女もかならず笑顔を返してくる。男は、「なんだ、こいつ?」と警戒する。

女はなにを考えているかわからないなどという者もいるが、宮尾はそんなのは当たり前だと思う。他人がなにを考えているかなんてわかるわけがないのだし、むしろ男のほうがとんでもないことを考えていたりする。

女は怒っても、こっちが一生懸命謝れば、許してくれる。怒って別れることになっても、ひさしぶりに会うと、心配してくれたりする。男が怒れば、下手すると斬り合いになりかねないが、女はそんなことにはならない。つまらないことで怒ったりもするが、根は寛容なのだ。

だから、女と接するのは嬉しい。そういう気持ちはおそらく宮尾の顔や身体にあふれているのではないか。

「わ、た、し、は、み、や、お」

宮尾は自分を指差して言った。

「み、や、お」

さらにもう一度言った。

「み、や、お？」

女が訊いた。

「そう。みやぁお」

猫の鳴き声のように言った。

「みゃぁあお」

女はもっと上手に言った。すこし甲高い、女らしい声だった。

「あっはっは」

宮尾と女はいっしょに笑った。

それで打ち解けたようになった。

「あんたは？」

女を指差して訊いた。

「まりや」

と、女ははっきりした口調で言った。

「そうか、まりやちゃんか」

宮尾はそう言って、着物のたもとからなにかを取り出した。

「お菓子だよ。好きだろ」

盆の上にあった最中《もなか》を二つ持ってきたのだ。

まりやに渡し、自分も口にした。

「うまいよな、この最中。この最中がまた、中に銀杏《ぎんなん》の粒が入っていたりするんだよ。その歯ごたえがまた面白いんだよな。深川の〈穂積堂《ほづみどう》〉って店の最中。高いんだ。手みやげとかにはよく買われているけど、ふつうの家じゃ食べられないよな」

宮尾はまりやが聞いているのか、いないのか、それもおかまいなしにしゃべった。

食べ終えると、ここから近いところにある稲荷の祠を指差し、

「あれ、拝んでるのかい？」

と、訊いた。

「…………」

まりやは答えない。

「面白いよな、まりやちゃんて。この屋敷でなにがしたいんだい？」

「…………」

「ま、いいや。今日はまりやちゃんが、ちゃんとこっちの言葉を理解できるってわかっただけでも収穫だよ。さっき、わたしは最中のなかに銀杏の粒が入っているって言っただろ？　銀杏の粒なんか入ってないよ。でも、まりやちゃん、口の中で舌を動かして、銀杏の粒を探ったの、わたしは見ちゃったのさ」

宮尾がそう言うと、まりやの顔が一瞬強張った。

「嘘ついてすまなかったな。でも、あの人たちには言わないよ。じゃあ、また、来るからな。今度はもうすこし話ができるのを期待してるぜ」

宮尾はそう言って、客間のほうへ引き返した。

五

定信一行が舟を拾って帰るというので、宮尾は途中で別れ、一人歩いて奉行所にもどることにした。

あの女のことを根岸に報告するのに、今日見たことを頭の中で整理するつもりだった。こっちの言葉をわかっているのは間違いない。だが、だからといって異人の女でないとは言い切れない。

永代橋に差しかかったとき、前を背の高い、肉づきのいい女が歩いていた。その後ろ姿に見覚えがある。

足を速め、横から顔をのぞくようにした。

「やあ、ひびきさん」

椀田の姉のひびきだった。

「宮尾さま……」

ひびきの顔が強張った。さっきはまりやの顔が強張った。今日は、女のそういう顔を見る日なのか。

「なんか、ご無沙汰してましたね」

宮尾のほうは屈託がない。

「お忙しいと聞きましたが。いろいろ女の人のことで」

「もしかして、天気を予言する娘のこと？」

「はい。ふられたそうですね」

いい気味とばかりにきつい調子で言った。

「あ、椀田から聞きましたか。まあ、わたしくらいのべつふられていると、あまり落胆もしないのですよ」

まるで悪びれない。

「それはきっと、宮尾さまが上手にふられるようになさっているからなんですよね」

「わたしが？」

「そうに決まってますよ。いったい、何人の女を泣かせて来たのか」

「そんな、わたしを人でなしみたいに」

「自覚なさい」

ひびきはきつい調子で言った。

「でも、ほんとに、わたしのことが嫌になるみたいですよ」

「宮尾さんのどこが？」

「調子のいいところじゃないですか」

「やきもちを妬かせるからでしょ？」

「そうかなあ」

「それに、そういう自分の欠点を直そうともしないのでしょう？」

「直せるなら直しますが、でも、人間というのは、欠点も長所も裏表ですしね」

「それはそうです」

ひびきは笑った。

「しかも、誰だってなんらかの欠点を持っているものだし」

「自分で言いますか？」

「まあ、そのうち、わたしの欠点も含めて、しょうがないと思ってくれる人も出てくるでしょう」

「出なかったら？」

「そりゃあ、ちょこちょこつないでいくしかないでしょうね」

「まあ」

「その点、椀田はたいしたものですよ」

「そうなのですか」

「小力《こりき》ちゃん一筋でしょう。羨ましいです」

宮尾はじっさいそう思うのである。

「でも、豪蔵《ごうぞう》は苦しんでますからね。そりゃあ宮尾さまは、苦しむなんてことはないでしょうけど」

「こと、女ではね。でも、ひびきさん、苦しむのは女のことだけとは限りませんよ」

宮尾は真面目な顔で言った。

ひびきが興味深そうにしたとき、霊岸橋《れいがんばし》を渡り終えた。

椀田の家は、ここからすこし入る。宮尾は奉行所にもどる。

喉が渇いて、お茶でも誘ってくれたら立ち寄るところだが、そんなようすはない。

「では、また」

ひびきが頭を下げた。

「今度、また、飯でもごちそうしてください」

「あたしのご飯ですか？」

「ええ」

ひびきは返事をしない。

宮尾は返事を待たず、歩みを進める。

しばらく行ってから振り向くと、ひびきはまだ宮尾を見ていた。


奉行所へもどるのに通三丁目あたりの大通りを横切ろうとすると、

「あら、宮尾さま」

芸者の小力とばったり会った。

今日は町で知り合いの女とめぐり会う日らしい。

「よう、どうしたんだい、こんなところに？」

「いつもお香とか、かんざしを買う店がそこにあるんですよ」

小力が指差した店は、間口こそそう大きくはないが、いかにも高そうなものを置いていそうな店である。

「かんざしなんか自分で買うのかい？　もらいものが使い切れないくらいあるかと思ってたよ」

「もらうこともあるけど、なかなか好みのものってもらえないんですよ」

「小力ちゃんなどが買うものは高いんだろうしな」

「そう。見栄の商売だから。いくら稼いでも、出ていくのも多くてね」

ちょっと疲れたような顔で言った。

「そういう暮らしも面白いだろうよ」

「ずっとやれたらね」

「やれるんじゃないの」

宮尾は軽い調子で言った。

「あら、たいがいの男の人って、そういう暮らしは若いうちしかできないから早く足を洗えって説教しますよ」

「あ、そうなの。ま、できなくなってから考えるか、椀田みたいな懐の深い男の嫁になって、そういう暮らしをつづけさせてもらうかだろうね」

「椀田さまと？」

「椀田は望んでいるだろ？」

「でも、町方の同心さまですよ。芸者なんか嫁にしてやっていけっこないじゃないですか」

小力は呆れたように言った。

「椀田が北町奉行所の同心だったらやれないかもしれない。でも、南町奉行所だからな。なんといっても、お奉行は根岸さまだから」

「根岸さまなら許してくださるの？」

「お奉行自身、芸者の力丸さんと付き合っているじゃないか。知らない者はいないぞ」

「だからって」

「お奉行があんな調子だと、下もそれもありかと思うんだ。侍の世界なんてそんなものなんだよ」

「まあ」

「椀田の嫁になってさ、芸者しながら安心して、毎日好きな唄うたって暮らせばいいんだよ」

「甘いよ、宮尾さまは。そんなに世の中甘くないですから」

小力は真面目な顔になって言った。

「駄目となったら、椀田が同心をやめればいいじゃないか」

「同心をやめる?」

「小力ちゃんといっしょになれるんだったら、椀田はやめるぜ」

いままでそんな話を椀田から聞いたわけではない。だが、そう言ってから、たぶん椀田ならそうするだろうと思った。

「そんなこと」

「やめて、似たような仕事をすればいいのさ。用心棒みたいに。そのほうが同心よりずっと金も稼げるし」

「宮尾さまってずいぶん大胆なお考えをなさるんですね」

「そうかなあ」

「しかも、椀田さまの家にはひびきさまがおられるし」

小力はそう言って、なにか凄い秘密に触れたような顔でうつむいた。

「ひびきさんは椀田が嫁をもらったら、あの家は出てしまうよ」

「そうなったら、ひびきさまが可哀そうでしょうが」

「可哀そうなもんか。それが望むところだよ」

「ひびきさまは長屋とかで一人暮らしを？」

「それはわからないさ。誰かの嫁になるかもしれないし」

「……」

小力は口を閉じた。

「あれ、なんで黙ったの？」

「いえ、別に」

「もしかして、ひびきさんをもらうやつなんかいないと思ってる？」

「そんなこと」

「蓼《たで》食う虫も好きずきって言うだろう。誰ももらわなかったら、わたしがもらうかもしれないだろう」

「ほんとに？」

小力の顔が輝いた。

「どうなるかわからないってことさ。だから、小力ちゃん。椀田の思いを受け止めてあげなよ」

宮尾がそう言うと、小力の顔がさっきより輝いているように見えた。

六

「なるほど。言葉がわからないふりをしているか」

根岸は宮尾の報告を受けてうなずいた。

「はい。間違いないと思います」

「うむ。よく見破ったな」

「それで、これは女の使う文字です」

宮尾は、借りてきた願文を根岸に見せた。

「ほう」

「奇妙な文字です」

「まあ異国の文字などは、どれも奇妙に見えるものなのだろう。だから、それはおかしくないとしても、ほんとに異国の文字かどうか、見破る手立てはあるかな」

「ちと、考えてみます」

宮尾はそう言って、いったん自分の部屋に入った。

買い置きの煎餅を齧《かじ》りながら、横になる。考えごとをするときはこの恰好がいちばんいい。

宮尾は我ながらだらしない武士だと思う。というより、武士という身分がそもそも自分には合っていないのだと思っている。

さっきひびきと会ったとき、別れ際に悩みは女のことだけとは限らないと、ほのめかすようなことを言ってしまった。

じつは、宮尾の悩みというのはそれである。本当は武士なんて堅苦しい身分は脱ぎ捨てたい。といって、また安房にもどるのも嫌である。

この江戸で、町人になって気ままに暮らしたい。

そういう気持ちがあるから、さっき小力にもあんなことを言ったのだろう。

だが、気ままに暮らすなんて生き方には、罪悪感も覚える。覚えなくてもいいような気もするが、「自由気ままに生きることは悪」という価値観を子どものころから押しつけられてきた。どうしても、自分を責める声が聞こえる。

しかも、江戸で町人になっても飯を食っていけるわけがない。

あるじの根岸は、宮尾のこうした気持ちを薄々勘づいているのではないか。だが、鷹揚《おうよう》な人柄ゆえ、叩き出したりせず、置いてくれているのだろう。

そんな甘えた暮らしをつづけていていいのか。

なにか生計を立てる方法を見つけ、暇《いとま》を乞うべきなのか。

これが悩みの種だった。

——ん？

まりやの願文を眺めていて、おかしなことに気づいた。

よくよく見ると、字にも見えるし、絵にも見えるという字が、くじらや朝顔のほかにもいっぱいある。

四角の上の両方の隅が、ちょっと突き出ている文字がある。これなどは、犬の顔に見える。くねくねと三回くらい曲がった線だけの文字もある。これなどは、蛇といってもいいのではないか。

そう思いはじめたら、ほとんどすべての文字が、絵としてなにかを表しているような気がしてきた。○と大をくっつけたような文字は、人のかたちだし、川という字の上に横棒をつけた字は、雨だと言ってもいい。

とすると、この願文を出しておき、たとえば雨が降ったなら、川と横棒を組み合わせた字を差して、「雨乞いの願いがかなった」とも言えるわけである。

客が来て、いい話を伝えて来たとする。その人の名が蛇塚だったり、犬山だったりしたら、「蛇や犬のつく名前の人がわたしに幸運をもたらすようにと祈った」とか、こじつけられるのである。

——これなら、起こったことは、すべて神に願ったことだと、どうにでもこじつけられるじゃないか。

何度もやっていると、さすがに気づかれるだろうが、あの頓馬な旗本相手なら五、六回はゆうに通じる。いったん霊力みたいなものを信じ込ませさえすれば、あとはどのようにもなる。

しかも、それをあの変わった顔立ちの女が、いかにも狐が憑いたような神がかった顔で言えば、誰だって信じてしまうにちがいない。

——解けた。

宮尾は起き上り、根岸のところに行った。

「なるほど。それで間違いあるまい」

「御前もそう思われますか」

「うむ。わしが昔やった手妻と同じ類いのごまかしだ。どうにでもできる仕掛けをあらかじめつくっておくというやつさ。ということは、そのまりやという女が海辺に打ちあげられていたのも、狂言だろうな」

「はい。だいたいが、女がいたという浜は、海流の加減で流されたものが打ち上げられることはほとんどありません」

「そうか」

いちばんの懸念はこれで払拭《ふっしょく》された。

「どうしましょう?」

町奉行所は旗本に手を出せないし、ましてや松平定信の縁者である。迂闊《うかつ》なことはできない。

「うむ。まりやは、なんらかの意図を持って岩井家に入り込んだわけだ。かまわぬから、また明日にでも岩井の屋敷に行き、まりやを連れて来てくれ」

そう言ったが、明日と言わず、そのときすぐにと言えばよかったと、根岸は次の日に後悔することになる。

七

「よう、小力」

「なんですか、椀田さま？」

「おめえ、なにに、拝んでいるんだよ」

椀田と小力は、大川に面した佐賀町河岸に留めてある小舟の縁に腰をかけている。

さっきばったり会って、夕涼みに誘った。

いつもなら体《てい》よく断わるが、今宵は暑さのおかげで付き合う気になったらしい。

並んで座って、

――さて、なにを話したらいいものか。

と思ったとき、突然、小力は手を合わせ、拝みはじめたのである。

「なにに、って、わかりませんか？」

「わからねえよ」

「いま、夜空を流れ星が横切りましたよ」

「流れ星に拝んだのか？」

「はい。ここんとこ、あたしの神さまは流れ星なんです」

「そうなのか」

すこし安心した。そこらの妙な神さまを信心しているのかと思うと心配だったが、流れ星なら騙されることもないのではないか。

「流れ星って、捜すとけっこう見つかるものなんですよ」

「そうなのか？」

「四半刻《しはんとき》（およそ三十分）も夜空を見つづけると、かならず一つや二つは見つかります」

「ふうん」

そんなに長いこと夜空を見つめていたら、退屈してしまう。

「消える前に祈ると、願いがかなうんですって」

「なにを祈るんだ？　幸せになりますようにってか？」

「幸せ？」

小力は奇妙な顔をした。

「ああ、それがいちばんなんじゃねえのか？」

「幸せになんて、そんなだいそれたことは祈りませんよ。人間は幸せになんかなれっこないじゃないですか」

「そうなの？」

「祈るといったら、決まってるでしょ。無事におまんまが食べられますように。明日一日、無事で過ごせますように。これだけですよ」

「ああ、そうだよな」

椀田はなるほどと思った。

幸せになるなんて考えを、自分はどこで聞いたのだろう。誰かが言ったのを鵜呑みにしたのだろうか。

幸せになんかなれっこない。ただ、おまんまが食べられて、無事を祈るだけ。

幸せを祈るなんてことに比べたら、なんともつましい願いである。だが、それだってじつは大変なことなのだ。

だが、いま、根岸たちと追いかけているさんじゅあんという男は、「お前は幸せか？」という訊き方をよくするらしい。幸せだと思えるようなやつがどれだけいるのだろう。つまり、あの男は周囲にいる者に、「幸せになる」という途方もない夢を与えつづけているのではないか。

それが、果たして悪いことなのか。

椀田は、なんだか途方もないものを追いかけているような気がした。

八

翌朝――。

宮尾玄四郎はふたたび本所の岩井秋之丞の屋敷にやって来た。

「根岸肥前守の使いで参りました」

そう言って奥の間に通されたが、岩井秋之丞のようすがおかしかった。

「乙姫が消えた」

と、岩井は気抜けした顔で言った。

「え?」

「あの女がいなくなったのだ」

「いつのことです?」

「昨夜のうちにいなくなったらしい」

「まさか」

と、宮尾はつぶやいた。

「どうした?」

「昨日、わたしたちが来たからでしょうか?」

「いや、それはおそらく関係ない。昨夜、あの者のところに客が来たらしい」

「客？」

「わしは会っておらぬ。だが、なにか女に囁きかけ、女はうなずいたりしていたらしい」

「どんな客でした？」

「百姓の女房みたいな女だったらしい。だから、うちの女中もとくに怪しまなかった」

「なるほど」

「女はふいに頭がはっきりしたような顔になったそうだ」

「頭がはっきりした？」

「ああ。狐が憑いていたのが落ちたのではないかな」

「それは……」

「すると、急にこの国の言葉を話すようになった」

「話したのですか？」

「うむ。殿さまは、なんとかさまの教えを乞うべきだと」

「なんとかさま？　さんじゅあんさま？」

「それは聞いていないのでわからぬ。岩井さまが幸せになるには、なんとかさまの教えが必要なのだ。でないと、いつまでも不幸でいつづけるだろうと」

「そして、安房の知行地を神に差し出すべきだと、そんなことまで言ったらしい」

「幸せに？」

「ははあ」

もしかしたら、それこそが女の狙いだったのではないか。

さんじゅあんたちは、安房のほうに自らの楽土をつくろうとしている。そのため、この岩井秋之丞をたぶらかし、土地をせしめるつもりだったのでは。

女はやはりさんじゅあんの仲間だったのだ。

「あの女がいなくなって、わしはあの女を好いているのに気づいた」

岩井はうっとりした顔で言った。

「え？」

「あの女は、わしが不幸であることを見抜いたのだ。そして、真に幸せになりたがっていることも。あの女はやはり乙姫だった。なぜ、消えたのだ、わしの乙姫は……」

岩井の目は、さんじゅあんを語る者たちが皆そうであるように、奇妙に澄み、真正面を見据えていた。

九

坂巻弥三郎《やさぶろう》の剣の師匠である小田林蔵は、上野の寛永寺の境内に呼び出されていた。

近々こんなことになるのは予想していた。

いつか、自分の剣がさんじゅあんの役に立つ日が来ると。

小田は悩める剣客《けんかく》だった。

悩みは剣の上達のことではなかった。剣についてはある程度、達観《たつかん》するところがあった。技《わざ》の上達には限りがある。上には上があるが、それを目指すうち、体力の衰えに追いつかれる。それはどうしようもない。まだ、体力の衰えを実感するまではきていないので、技の上達を目指すだけのことである。

それよりも、この世そのものが謎であった。

生きるのが容易ではないこの世界に、どうして次々に子が誕生し、さまざまな戦いの果てに、空しい人生を終えていかなければならないのか。

小田林蔵は、しばしば高い山の上から大勢の人々が川の流れのように突き進む光景を想像した。人々は必死の顔で歩んでいる。隣にいる者をののしったり、摑みかかったりしている者もいる。次々に倒れていく。満足げな顔はほとんどない。泣きながら、喚きながら倒れていく。

やがて、小田はその群れの中に自分の顔を見出す。刀を持ち、必死の形相で駆けている。

行きつく先になにがあるのかまったくわからない。

それがなにより不安だった。

剣の技を磨くことでは、この不安を解消できるとはとても思えなかった。

そんなとき、さんじゅあんに出会ったのである。

海辺で剣を振る小田に、奇妙な男が声をかけてきた。

「迷っておられる」

と、笑顔で言った。

「それが剣に出ていると?」

「技のことはわかりませんが、あなたの気持ちの迷いが、身体中から発散されています」

「迷いがあるのは当然だろう。人はそういうものだ」

小田は言った。じつはこのときまで、坊主の説教は聞き飽きていた。肝心の問いには答えず、かならずむやみに難解な教典の話に持っていく。

だが、男の答えは違った。

「先にあるものは誰にもわからないのですよ。だから、不安なのです。だったら、仲間をつくり、いっしょに歩いてみればいい」

「仲間？」

それこそ、むしろ排除してきたものだった。群れる者は、弱いからだと軽蔑すらしてきた。だが、心のどこかでそれを求める自分がいることも感じていた。

「さんじゅあんと言います」

と、名乗った。飾り気のない、穏やかな笑みを浮かべた。

さんじゅあんは急がなかった。坊主によくあるような、偉そうな説教もなかった。ただ、こっちにさまざまなことを問いかけ、それに答えることで小田自身の気持ちの奥底にあるものが自覚できる――そんな対話がつづいた。

そしていつしか、さんじゅあんという人間そのものを信奉している自分に気づいていたのだった。

――ん？

小田は参拝客が多いあたりからはやや離れたところで、よく目立つ大きな石灯籠の前に立っていたが、黒門口のほうから見覚えのある男がやって来た。丸顔で愛想のいい笑みを浮かべている。

男は日本橋にある〈芸州屋《げいしゅうや》〉という大店《おおだな》のあるじだということだが、小田はその店には行ったことがなかった。なにを商っているかもよくわからなかった。

芸州屋は、さんじゅあんの信者ではない。が、支援者ではある。

さんじゅあんのことを語るのを聞いたことがあるが、人格と教えについては信奉しているが、ただ商いにも熱心で、信者たちのようにすべてを投げうって、信仰の道に入るとまではいかないらしい。

さんじゅあんもまた、芸州屋に信頼を寄せているのはわかっていた。

さんじゅあんの仲間には、そうした人も少なくない。たとえば幕閣の一人である阿部《あべ》播磨守《はりまのかみ》なども、そんな一人だと聞いたことがあった。

「ご足労いただきまして申し訳ありません」

芸州屋は丁寧に頭を下げた。

「いえ、別に」

「じつは、大変なお願いをしなければなりません」

「覚悟はしていました。闇の者となる仕事でしょう？」

「まさに」

「さんじゅあんさまを助けることなら、決して断わることはいたしません」

「安心しました」

「以前から、さんじゅあんさまに言われておりましたから」

「そうですか。さんじゅあんさまも、小田さまは最後の闇の者だとおっしゃっておられました」

「最後の闇の者……」

　さんじゅあんがそう言ったということに異和感はなかった。これからは信者たちの数や、支援者の力添えで、さまざまな敵に対抗できるようになる。だが、それもいままで闇の者として働いてくれた人たちがいたからだと。

「しかも、最後の闇の者は、いままでで最強の者となったと」

「それは、ありがたいお言葉」

「腕の立つ者が、根岸との戦いでずいぶん敗れ去ってしまいました」

「はい。傘屋の仲間が死んでしまったのは残念でした。あいつらの技はたいしたものでした」

「そうでしたな」

　芸州屋はぶつぶつ言いながら、指を折りはじめた。どうやら、闇の者となっていた者たちを数え上げているらしかった。

「で、誰を？」

　と、小田林蔵は訊いた。

「根岸」

　芸州屋は短く答えた。

「やはり」

と、小田はうなずいた。

「根岸のやつは、さんじゅあんさまを牢に入れ、出そうともしません。しかも、闇の者について明らかにするとほざいております。まさに根岸肥前守こそ、さんじゅあんさまを脅かす邪鬼だ。天魔だ。そういうやつが、まともそうな面をして町奉行などをしているのです。現に、あやつは邪鬼の彫物を身体に入れているらしいですぞ」

「彫物を?」

江戸の町奉行が、そんなやくざや駕籠かきあたりがするようなことを本当にしているのだろうか。

やはり根岸という男は、裏の顔を持つ邪鬼のようなやつなのだろう。

「根岸にはつねに、二人の腕の立つ男がそばにいるといいます」

「聞いています。栗田《くりた》と坂巻、あるいは椀田と宮尾」

その坂巻弥三郎が自分の弟子であることは言わなかった。

「いくら二刀流の達人でも、二人同時に相手をするのは容易ではないのでは?　まして、根岸自身も昔かなりの荒くれだっただけあって、ぼぉーっと突っ立っているようなやつではないそうです」

「それも聞いていました。だが、根岸が奉行所にいるときは、あいつらもそばにいなかったりする。おそらく、さんじゅあんさまの移送のときは、連中もそっちの警戒に回るはずです」

「そうでしょうね」

「そこを狙いましょう」

「奉行所に侵入なさるので？」

芸州屋は、そんなことはできるわけがないというように、目を瞠いた。

「入り方はわかっています」

「ほう」

「裏手の私邸にいるときを狙います」

「そこまでおわかりなのですか？」

「ええ」

うなずくと、芸州屋はまるでさんじゅあんを見るときのように、目を輝かせた。

そんな目で見られるのは、嬉しいことでもあった。

「どうして根岸の私邸まで？」

「知り合いがおりましてな」

「そうでしたか」

「だが、屋敷のつくりを忘れているところもある。早いところ思い出して、図面をつくっておくようにしましょう」

「ああ、それはよい考え。ただ、そんな奥まで侵入したら、逃げられなくなってしまうのではありませんか」

芸州屋は不安げに言った。

「そこまで心配する必要はないでしょう。根岸をやれたら、生きて帰るつもりはありませぬ」

小田がそう言うと、芸州屋は深くうなずき、

「さすがにさんじゅあんさまが頼りになさるお方」

と、小田の目を見て言った。

第五章　消える男

一

小伝馬町の牢屋敷をつかさどるのは、石出帯刀《いしでたてわき》という牢屋奉行である。代々の職で、当代は根岸《ねぎし》よりだいぶ若く、いささか頼りない。

その石出帯刀がひどく緊張した顔で根岸のもとを訪れ、

「お伝えすべきかどうか迷ったのですが」

と、ためらった。

「ほう」

いったいなにごとが起きたというのか。

「いま、牢にいる例の寿安《じゅあん》が、根岸さまに伝えるようにと語り出しまして」

「わしにか?」

「根岸肥前守《ひぜんのかみ》へと、呼び捨てにして」

と、石出は申し訳なさそうに言った。

「うむ。聞こう」

「それがなんとも不逞《ふてい》な言いぐさでして」

「かまわぬ。申せ」

「牢屋敷の檻などはわたしを閉じ込めることはできぬ、と」

「それで？」

「わたしは忽然と消えるであろう、とほざきました」

「忽然と消える？」

「そんなことはできるわけがありません。われらも万全の警戒をしています」

「予言をしたわけか」

「予言と言えますかどうか。できることならともかく、できるわけがないのですから。そんな、人が忽然と消えるなんてこと」

石出は鼻で笑った。

「それはどうかな」

「え、根岸さまはまさか……？」

根岸はしばらく考え、

「どう、思う？」

と、横を見た。

三人が控えている。椀田豪蔵《わんだごうぞう》、坂巻弥三郎《さかまきやさぶろう》、宮尾玄四郎《みやおげんしろう》。栗田次郎左衛門《くりたじろうざえもん》はいま、ここにいない。

「お奉行。さんじゅあんは、そうしたことを言えばお奉行が身柄を奉行所のほうに移すと思っているのではないでしょうか」

椀田がそう言うと、坂巻が、

「あ」

と、声を上げた。

「なるほど。そして、身柄をここまで移す途中に、信者によって奪還されるというのではありませんか？」

坂巻が言った。

「いや、坂巻、わたしは逆だと思うぞ」

と、宮尾が言った。

「逆？」

「さんじゅあんが小伝馬町からここまで移送されるとして、そのとき奪還しようとする者もいるかもしれない。だが、さんじゅあんを始末しようとする者も出てくるのではないだろうか」

宮尾がそう言うと、

「そうか」

「それはありうる」

椀田と坂巻が言った。

「闇の者の頭領がさんじゅあんだったとして、やつの正体があばかれ、これまでしたことが明らかになると、困る者は山ほどいるはずだ。とすれば、捕まったさんじゅあんなど、一刻も早く死んで欲しいはず」

と、宮尾はさらに言った。

「ということは？」

「危ないから、牢を出たくはないのか？」

椀田と坂巻が首をかしげた。

石出帯刀は、呆然と皆の話を聞いている。そこまでのことはまったく考えもしていなかったらしい。

根岸は腕組みしてしばらく考えたが、

「奪還しようとする者、口を封じようとする者。どちらが現われても不思議はないだろう。さんじゅあんがどう思っているのかはわからぬ。ただ……」

根岸が口ごもると、皆、根岸の次の言葉を、身を乗り出すようにして待った。

根岸は周囲の者を見回してから言った。

「さんじゅあんがそこまで言うからには、本当に消えるのだろうな」

二

ちょうどそのころ——。

牢屋敷の大牢の扉が開かれ、

「入れ」

と、大きな男が中に放り込まれた。

中途半端に伸びた月代《さかやき》と、無精髭。浪人者らしい。

「なんでえ、薄らでかいのを入れるなよ」

「そうだよ。風通しが悪くなるだろうが」

「暑苦しいんだよ」

先に入っていた者たちが文句を言った。

「なにぃ」

と、男は鋭い目で睨みつけ、

「おれは二人ほどぶった斬ってきたばかりだ。どうせ獄門は間違いなしだからな、ついでにてめえらの首をへし折ってやろうか？」

野太い声で恫喝《どうかつ》した。

これで、大牢の中にいるのは八人になった。

大牢には、牢名主などと呼ばれる威張った古株がいたりするが、いまはそうした者はいない。ただ、寿安と呼ばれる元僧侶が、皆の尊敬を集めていた。

新しく入った大男は、そうした状況を見て取ったのか、偉そうに奥へ進み、寿安のいる近くにどさりと腰を下ろした。

この男、なんと栗田次郎左衛門ではないか。

しかも、栗田がさりげなく中を見ると、岡っ引きの辰五郎《たつごろう》に久助《きゅうすけ》、梅次《うめじ》と、根岸の御用をつとめる三人が、それぞれ互いに素知らぬ顔で座っていた。

むろん栗田も素知らぬ顔である。

昨夜、根岸から命を受けていた。

「浪人者のなりで、小伝馬町の大牢に入ってくれ。さんじゅあんを見張るためだ」

「それはかまいませんが、おいらがとっ捕まえた野郎がいたりすると、ばれてしまいますぜ」

「うむ。そこらは調べた。いま、そなたが捕まえた者は牢屋敷にはおらぬ。あとはそなたの変装の腕次第だ」

「そこらはおまかせを」

栗田はときおり仕事で変装することがある。変装は嫌いではない。というよりむしろ楽しい。

今回は浪人者というので、朝、月代も髭もそらず、眉を濃く描き足し、凶暴そうに見えるようにした。あとは、髷《まげ》を崩し、肌や着物を垢じみたふうにしただけである。そこらの工夫は、雪乃《ゆきの》も面白がって手伝ってくれる。

役宅を出る前、双子の娘たちを見た。ハイハイもまだだが、手足のばたばたが激しくなってきている。歩く準備を始めているのだろう。子どもはあっという間に成長していくものだと、感心しながら眺めた。

だが、これが見おさめにならないとも限らない。町方の同心というのは、いつ、なにがあるかわからない仕事である。朝、元気で出て行った者が、悪党に刺され、夜は遺体になって帰って来た例なんて、八丁堀にはいっぱいある。代々の仕事でなかったら、なりたいと思う者は少ないだろう。

だが、子どものことを考えていたらろくな仕事はできない。役宅を出た瞬間、栗田は頭から子どもたちの顔を追い払った。

牢の中に座ったまま、さんじゅあんの動向を見張る。

おとなしいもので、たまに手を合わせ、祈りを捧げるような恰好をするが、あとはじいっとしている。

根岸は、「さんじゅあんを檻の中で暗殺しようとする者が来るかもしれないし、脱獄を試みるかもしれない」と言っていた。「すでに辰五郎たちを入れているが、そなたがいてくれたら、なお頼もしい」とのことだった。

昼近くなって、牢役人が見回りに来た。さんじゅあんは、

「南町奉行にお伝えいただけましたか?」

と、檻の近くに寄って訊いた。

「お前が消えるって話か?」

「そうです」

「伝えたらしい。だが、本気にするわけなかろう。お前がここから消えるなんてことが、あるわけがない」

牢役人は鼻でせせら笑った。

だが、さんじゅあんは牢役人を憐れむような顔で言った。

「嘘ではない。わたしはここから消えてみせよう」

三

「急いでくださいね」

と、まりやが言った。

「大丈夫だよ。以前からこうしたものが必要になるかもしれないので用意しておくように言われていたんだ。材料はすでに揃っているのだから」

まりやに急かされた男は答えた。

ここは、安房にあるさんじゅあんを慕う者たちの村である。

この村を、信者たちは〈ひかりの村〉と呼び、いまや村人の数も八百人ほどになりつつあった。

村の建設が始まったのは、いつごろからなのか。

去年の暮れ、月が笑うときに人が消えるという騒ぎで、大勢がこの地を目ざしたのだった。この地の代官所なども信者たちについて調べたりはしたのだが、土地の入手は正規の手つづきを踏んでいたし、悪事をするどころか、むしろ穏やかな暮らしを営むだけで、咎める理由もなさそうだった。

以来、村は発展する一方である。

土地も足りないくらいで、いまは飛び地もいくつかできている。その飛び地同士をつなげるため、岩井《いわい》秋之丞《あきのじょう》の知行地がなんとしても欲しいところだった。

それを得るため、まりやは溺れた異国の女を装い、岩井家に潜入した。それから岩井を徐々に信心の道に誘い、知行地を寄進するよう言い出させる——それがさんじゅあんから極秘に命じられたことだった。

まりやの工作は順調だった。岩井はまりやにひどく興味を示し、まもなく側女とするのも明らかだった。

途中、松平定信《まつだいらさだのぶ》といっしょに、宮尾という根岸肥前の家来がやって来た。

宮尾は、まりやが言葉を理解することを見破った。さすがに根岸肥前の家来だと、まりやは感心した。

宮尾から素性や思惑が探られることを怖れはしなかった。危うくなれば、女の魅力にものを言わせる。

男というのは、じつに他愛のない生きものなのだ。

だが、数日前、小伝馬町の牢屋敷を見張っていた人から連絡があり、すぐに安房へもどって、さんじゅあんさまの最後の支度をするよう命じられた。

そこでまりやは江戸からもどり、元鍛冶屋と元大工の男たちを集め、こういうものをつくるようにと伝えたのだった。

それは、奇妙な舟の図面だった。

丸いかたちをしていた。

しかも、底の方は鉄の板で蔽《おお》われるらしい。

「これがほんとに水に浮くのかしら？」

まりやは底のほうをつくっている男たちに訊いた。

「浮くんだそうだよ。舟ってのは、材料が重いものでも、かたちによっては水に浮くことができるらしい」

「へえ。しかも、上はギヤマンの窓が嵌まるのでしょう？」

「そう。いままで見たこともない舟になるぞ。ただなあ」

と、男は眉を曇らせた。

「どうしたの？」

「さんじゅあんさまは、この舟で遠くに旅立たれるのだろう。ということは、わしらはお別れしなければならないではないか」

「でも、さんじゅあんさまは、そのことを昔から予言しておられた。悲しんではいけないと。そして、一度は別れがあっても、わたしたちは楽土でふたたびめぐり会うのだからと」

「それはわかっているのだがな」

まりやが気がつくと、ほかの男たちも皆、泣きながら作業をしていた。
五、六人もの男たちが、とめどなく涙を流していた。
そして、その涙の作業をつづけるうち、お椀のかたちをした奇妙奇天烈な舟は、どんどんでき上がっていくのだった。

さんじゅあんが牢から消える。

そう予言したという話は、江戸の信者たちのあいだにも伝わっていた。

さんじゅあんの信者の多くは、いまや江戸を離れ、安房の約束された地で暮らし始めている。

だが、土地の取得の問題もあり、いまだ江戸にとどまっている者たちもいた。いま、牢屋敷の周囲にいる大半は、そうした信者たちだった。

「それはそうだ。さんじゅあんさまを牢に閉じ込めるなんてことができるはずがない」

「あの方は、人の力を遥かに超えた力をお持ちなのだ」

「まもなく奇跡が起きるぞ」

「ああ、町奉行や牢屋奉行にも天罰が下るだろう」

信者たちはそう噂し合った。

といって、信者たちは天罰を待つふうではなかった。

信者たちは皆、善良だった。だからこう言って、町奉行のことを心配した。

「根岸さまも早くさんじゅあんさまを解き放ってくれたらいい。せっかくこれまで、町人のために尽くしてこられたのだから……」

四

根岸は朝から多忙で、昼飯を食う時間もなく働いていた。

昼の八つ半（午後三時）くらいになってようやく、すこし時間ができ、裏の私邸のほうにもどって来た。

「茶漬けでよい、いや、水漬けでいい。飯と佃煮で」

そう言ってすぐに膳を持って来させた。

朝炊いた飯に冷たい井戸水をかけて食べるのはうまいものである。昆布の佃煮に胡桃《くるみ》を混ぜ込むのは、女中たちの工夫だった。

たちまち食べ終えて、休息がてら庭に水でも撒くかと思ったとき、

――ん？

屏風《びょうぶ》の陰になにかの気配を感じた。

縁側にいたお鈴《すず》が飛んで来て、嬉しそうに何度も鳴いた。

「おたかか？」

のぞくとやはり、おたかが座っていた。昼間現われるのはめずらしい。

「どうした、こんな刻限に？」

おたかは駿河台の屋敷からやって来る。誰かに見られるようなことがあるのか、

それはわからない。

「今日はなにやら胸騒ぎがいたしまして」

「む。そんなことはわしだってある。気のせいというやつだよ」

と、根岸は言った。

「そうでしょうか」

「そうだとも」

根岸がうなずいたとき、ここから見えている白く乾いた庭の真ん中あたりに、いきなり矢が刺さったのが見えた。

「矢が来た」

根岸の言葉で近くにいた坂巻が飛び出し、

「裏手の道に曲者《くせもの》が!」

と、叫んだ。

何人かが裏口から飛び出して行く。

「もう逃げてしまったはずだよ」

根岸はそう言って縁側に出た。

坂巻が矢を抜いて、根岸に見せた。

「上空にまっすぐ放った矢が落ちてきたのでしょう」

矢羽根のところには、ご丁寧に「天の矢」と記されてある。

「くだらぬ悪戯《いたずら》だ」

と、根岸は笑った。

「だが、庭におられたら危なかったです」

たしかに頭などに当たれば、ひどい怪我になったかもしれない。

根岸は部屋にもどり、屛風の陰をのぞいた。

いなくなっているだろうと思ったが、おたかはまだそこに座っていた。

「どうした?」

「……」

訴えるような目で根岸になにか言った。

訊き返そうとしたが、そこでおたかの姿が消えた。

五

北町奉行所の本所深川回り同心・長坂和歌麿《ながさかわかまろ》は、なんとなく物憂い気持ちで日本橋のたもとあたりを歩いていた。

そこで南町奉行所の椀田豪蔵と行き合った。

「おう、椀田さん」

「やあ、長坂さんか」

椀田の後ろに南の連中が何人か来ていた。いつも椀田といっしょにいる、にやけた色男は一度挨拶もしたことがある。たしか宮尾といったはずである。

「忙しそうだ」

「うん、ちょっとな」

軽く手を上げ、日本橋を渡って行った。

椀田はやさしい男である。南町奉行所のなかには、長坂と町で会っても、そっぽを向いて知らぬふりをするやつもいる。椀田はかならず、声をかけてくれる。

自分が本所深川の住人はもちろん、南町奉行所ばかりか、同じ北町奉行所の者からも、抜け作扱いされているのはわかっていた。

それはしょうがない。

じっさい、抜け作なのだと思う。

自分では自分なりに、一生懸命見回りをしているつもりなのだが、ほかの同心たちと見るべきところが違っている。

長坂は、町を歩いていても、あまり人と話したりはしない。

人と話すのが苦手というのもあるが、それだけではない。人が話すことというのは、たいがい上ッ面のことで、本心などはよくわからないのだと思っている。

本心を隠しているというのはもちろんある。さらに、話している当人すら、自分の気持ちをよくわかっていなかったりする。

であれば、人の話を聞いて回るのは無駄というものだろう。

たとえ丸っきり無駄ではなくても、いっしょに歩く岡っ引きや中間《ちゅうげん》が、長坂の分も話してくれているのだ。あの者たちが書く日誌を読めば、用は足りるはずである。

もっともその岡っ引きや中間も、長坂を内心、抜け作と思っているのも明らかで、近ごろでは決まりきった巡回以外はいっしょに歩くこともしなくなっている。そのため、いまのような正規ではない巡回は、一人でするようになった。

長坂和歌麿は、人と話をするかわりに、ゴミを見て歩いている。これが長坂に合った、町回りの方法なのだ。

ゴミというのはいらなくなったものである。あるいは使い捨てたものである。

だが、だからこそそこに、人の暮らしの痕跡がにじみ出る。

裕福な家からは、贅沢なゴミが出る。暮らしぶりはよくわかる。貧しい家からもゴミは出るが、それは意外なものだったりする。

たとえば、昨日などは貧しい長屋が多い蛤町を歩いていて、神社のお札が投げ捨てられているのがわかった。紙を折ってつくったもので、こんなものは紙屑屋に売ってもいくらにもならない。焚き付けに使うのがふつうだが、こうして捨てられるというのは、腹いせの意味があるのではないか。

お札の中を開いてみた。

勝負運向上などと書いてあった。〈蛤稲荷《はまぐりいなり》〉という判も押してあった。

ということは、ここらの者がバクチの勝利を願って、蛤稲荷でお札を買った。ところが、儲からないどころか、大損をこいたのだろう。

すなわち――。

この近所に賭場がつくられ、ろくでもない連中が出入りしているということだった。長坂和歌麿は、そのことをすぐに上役に報告することはしない。賭場の件についても見逃してやる。そのかわり、ここらで重大な事件が起きたときには、賭場のことをちらちら脅しながら、大事な話を聞かせてもらうつもりだった。

こんなふうに、長坂は長坂なりに本所深川についての調べを進めているのである。

もっぱらゴミという視点から。

ただ、それは多くの人にとって、汚らしく、薄気味悪い手法と思われるらしかった。

長坂和歌麿は日本橋のところまで来ると、北町奉行所がある常盤橋《ときわばし》御門のほうへは行かず、お濠端を歩いて数寄屋橋《すきやばし》御門のほうに向かった。

北町奉行所とは好敵手同士とされる南町奉行所が、このところ、慌ただしい動きを見せている。どうも、この数年怪しげな動向がある新手の神さまを捕縛したらしい。さんじゅあんという男で、こいつのことは北町奉行所でも目をつけていた。

　ただ、新手の怪しい神さまというのは、江戸中にいっぱいいて、町人たちの信仰心のよりどころにもなっているため、こんなのを捕まえはじめたらきりがなくなるのだ。それでも捕縛したというのは、なにか裏でろくでもないことをしているのを摑んだのだ。

　──なにを摑んだのだろう？

　長坂はそんなことを考えるうち、いつの間にか南町奉行所の前に来ていた。

　外から見る分には、北も南もそう大差はない。

　せいぜい二、三千坪の土地に立つ屋敷の表側に、八丁堀に住む与力同心たちの詰所があり、裏手に町奉行の私邸がある。周囲は黒板塀で囲まれ、門は簡素なもので門衛が立っている。

　北町奉行所の者でも中に入ることはできるが、入っても取り立てて用はない。同心たちも椀田のように気さくに声をかけてくれたりはしないだろう。

　長坂はなぜこんなところまで来たのかと、馬鹿馬鹿しい気分で引き返そうとした。

　そのとき──。

　塀の下のところに、一枚の紙切れが風で押しつけられたみたいに張りついているのを見た。

こういうものは拾わずにはいられない。長坂はすばやくそれを拾い、誰にも見られなかったことを確かめ、お濠端を北町奉行所に向かって歩いた。

だが、しばらくして長坂は急に慌てたように、牢屋敷に向かって走り出していた。

六

夕方近くなって、牢屋敷の中が慌ただしくなった。

奉行所から二十人ほど同心や小者たちがやって来て、南町奉行根岸肥前の書状を手にした椀田豪蔵が、

「急遽、牢にいる寿安を奉行所の牢に移送する」

と、告げたのだった。

先日までふさがっていた奉行所の牢が、いまは空いているのだ。

罪人を移送するための唐丸駕籠《とうまるかご》が用意され、一行はすぐに牢屋敷を出た。

駕籠の周囲は、椀田、坂巻、宮尾が取り囲んだ。これに栗田が加われば、北と南を合わせても、最強の護衛となるはずである。

一行が動き出すとすぐ、気配を察知したらしく、

「さんじゅあんさま」

「われらもお供いたします」

と、近くにいた信者たちおよそ二百人が、ぞろぞろと駕籠のあとについた。もし、この者たちが暴徒と化したなら、二十人の護衛では守るのは厄介かもしれない。だが、信者たちにそうしたようすはなく、整然と粛々と、駕籠のあとを追った。

動き出して、まだ一町もいかないときである。

駕籠の前を歩いていた椀田豪蔵が突然、身構え、

「危ない！」

行列の右手を睨んだかと思ったら、太い腕を差し出した。

矢が駕籠を狙って飛んで来たのだ。

椀田はこの矢を、駕籠に突き刺さる寸前で、むんずと摑んでいた。

「あの窓だ！」

宮尾が言いながら、走った。

道端の隠居家らしい二階の窓から、何者かが矢を放ったのだ。

宮尾は手裏剣を構えながらその家に飛び込み、二階へと駆け上がった。

「糞っ」

窓際にいた男が、短刀で胸を突き、自害したところだった。

攻撃はこれでおさまらなかった。

護衛の注意が右手に集中したとき、突然、槍を構えた男が左手から突進して来た。

「きゃあ」

「さんじゅあんさま！」

信者たちから悲鳴が上がった。

だが、すばやく剣を抜き放った坂巻が、この曲者の槍が駕籠に届く寸前で、槍の穂先を斬り落とした。

「坂巻、斬るなよ」

椀田が叫んだ。

「わかっている」

この曲者が刀を抜く前に、すばやく峰を返した坂巻の剣が胴を叩いた。

「うっ」

呻いて倒れ込む寸前、曲者がなにかを飲み込むのが見えた。

「しまった」

「どうした？」

「たぶん、毒だ」

曲者は激しく痙攣《けいれん》し出した。

「一町も行かないうちからこれだ。駄目だ。引き返すぞ！」

椀田が一行に叫んだ。

奉行所の一行は、急いで牢屋敷にもどり、唐丸駕籠を門の中へ入れた。

中に入って門が閉まるとすぐ、

「やっぱり駄目だな」

と、椀田が笑った。

「御前のおっしゃったとおりだ。これではほかの信者たちも怪我をしたりする。移送は容易ではない」

坂巻が言った。

「人数を倍にしても同じか」

「ああ。爆薬など持ち出されたら、大変なことになる」

坂巻はそう言って、唐丸駕籠を蹴った。

中には誰もいない。

もし、移送を強行するとどうなるか、試してみたのだった。

七

そのときだった。

牢屋敷の門番が椀田を呼んだ。

「椀田さま。お客さまが」

「客?」

こんなとき誰かと門のほうを見ると、北町奉行所の同心長坂和歌麿だった。

「よう、長坂さん」

「じつはさっき南町奉行所の近くを通ったとき、こんな紙屑が落ちていたのです」

長坂がそう言うと、わきで宮尾が「ぷっ」と噴いた。

「どれどれ」

椀田は笑ったりせず、手を伸ばした。

「図面なんですが、見ているうちに妙な気がしてきました。これって奉行所の中を描いたものですよね?」

「あ、そうだ。わきから入り、私邸のほうの、坂巻や宮尾が住む長屋も描いてある」

「これってもしかしたら私邸のほうにいる根岸さまのところに辿り着くための図面なのではないかって、ふと思ったんです。しかも、そおっと中に入るための」

この長坂の言葉に、宮尾と坂巻も、思わず図面をのぞき込んだ。

「ほんとだ。この黒い点があるのは、坂巻の家のあたりだな」

「どれどれ、ほんとだ」

坂巻は、最初は何気なく、だがすぐに食い入るように見つめた。

字に見覚えがあった。

——誰の字だっけ？

一瞬そう思ったが、すぐに思い出したことがあった。

——これは、先日、家に入れた小田林蔵《おだりんぞう》先生の筆跡ではないか。

だが、小田だとするとなぜ、こんな図面をつくったのか、見当もつかない。

「なんだか胸騒ぎがしてきた」

と、坂巻は言い、

「ちょっと奉行所まで行って来る。あとは頼んだ」

外へ出て駆け出した。

「わたしも行ってみよう」

あとから宮尾が追って来た。

根岸肥前守は、移送時の顚末について、走って来た中間から第一報を聞いた。

やはり、移送を強行すれば、さまざまな混乱が起き、下手すれば大勢の死人や怪我人も出るはずだった。

あらかじめ指示していたとおり、移送は中止することにしたという。さんじゅあんは狙われる。それを実行させる者は誰なのか。根岸はすでに阿部播磨守《あべはりまのかみ》を疑っている。だが、阿部一人だけが背後にいるとは到底思えない。

――黒幕は誰なのか。

根岸は腹が減っているのに気づいた。軽く飯をすませておこうと、裏の私邸へ向かった。

渡り廊下を歩くとき、さっきのおたかの顔が気になった。やけに不安げだったのである。

おたかはいつも長いことはいられない。それは根岸自身の問題なのか、おたか側のことなのかはよくわからないが、とにかくいつもそうなのだ。

――まだ、言いたいことがあったのだろうか。

根岸は、おたかの気持ちに応えるため、渡り廊下の途中にあった小さな花瓶を取り、花と水を庭に捨てて、たもとに入れた。武器としてである。

「これから人の出入りがあるだろう。早めに飯を食べておく」

女中たちに声をかけ、自分は書斎のわきの居間に座った。

坂巻と宮尾は出ているが、根岸家の家来はほかにも奉行所に来ている。そのうちの、児島《こじま》といういわば書記役の家来が、根岸のそばに座った。根岸は飯の途中でもいろんなことを思いつくため、かならず誰かがそばに座る。そして、思いつきを口にしたときは、すぐにそれを書きとめておくのである。

イワシの煮つけとあんかけ豆腐、あとは漬け物と汁といういつもながらの質素な膳が出て、根岸はすぐに箸をつけた。

そのとき、出入り口のあたりに男の影が現われた。

足音もなければ声もなかった。

男はあたりを見回し、根岸を見つけると、すばやく刀を抜いた。先に小刀を抜き、それを左手に持ち替えてから、今度は大刀のほうを抜いた。ただし、どちらもふつうの刀よりはやや細身で小ぶりだった。

二刀流なのだ。二刀流は抜いて構えるまで、いささかの手間がかかる。それが根岸にわずかな準備の手間をくれた。

根岸はそばに置いた脇差を摑み、すばやく抜き放った。

「なにやつ！」

と、児島が立ち上がれば、

「きゃあ」

女中たちの悲鳴がつづいた。

そのうちの気丈な女中の一人が、曲者のわきをすり抜け、表に報せようとでもしたのだろう。だが、曲者がすばやく動き、峰のほうで女中の足を払った。

「ああっ」

女中は痛みのあまり、床に転がった。命に別状はないが、足の骨は折れたかもしれない。

もう二人ほど女中はいたが、恐怖のあまり腰を抜かしたらしい。

「おりゃあ」

掛け声も高らかに、根岸の家来の児島が斬ってかかった。

児島は剣術もきちんと学んでいたが、この曲者の相手ではなかった。

「うわぁ」

曲者の両方の剣が、目にも止まらぬ速さで一閃し、児島は肩と尻のあたりを斬られ、昏倒した。

曲者はすぐに、根岸のほうを向き、大刀を突くように差し出してきた。

根岸はすこし下がって、柱の陰に回り込むようにした。

「ほう。喧嘩慣れだな」

と、曲者が言った。初めて声を出した。

根岸の後ろで、お鈴が、

「ぎゃあ」

と、気味の悪い声で鳴いた。

曲者がふいに右に回り込み、根岸の横を駆け抜けるように刃を振るった。

根岸も瞬時に横に逃れ、また柱の陰に回り込んだ。同時に、たもとからそっと取り出していた鉄の小さな花瓶を、男の顔面に投げつけた。動きながらであったため、狙いは外れ、肩のあたりに当たった。

「ちっ」

曲者は小さく舌打ちした。痛みがあったかどうか、まるでわからない。

今度は左に回るかと見せかけ、右側から斬ってきた。これも危うく避けた。

柱の陰に隠れたままでいるというのは、根岸自身、動きにくい。庭に飛び出したい衝動に駆られるが、それをすればたちまち斬られるだろう。

これだけで息が切れてきた。やはり近ごろ、身体を動かすのを怠っている。

――明日を無事に迎えられたら、お城の周りをひとっ走りしなければ。

と、頭の隅で思った。

曲者が大きく沈みこみ、伸ばした大刀で根岸の足を払った。

「うおっ」

脇差では長さが足りず、これを受けそこなった。袴が斬られたのがわかった。肉まで斬られたかはわからない。

坂巻弥三郎が飛び込んできたのはそのときだった。

「お師匠さま！」

坂巻が叫んだ。

「坂巻、手伝え。この男は邪鬼だ、天魔だ」

曲者は坂巻のほうを振り向きもせずに言った。まるで、手伝うことを信じ切っているような口ぶりだった。

「お師匠さま、誤解です」

「なにが誤解だ。この世でもっとも清らかな人を、くだらぬ咎で抹殺しようとしているのだぞ」

曲者は言った。

「わしは抹殺しようとなどしておらぬ。さんじゅあんがこれまでしてきたことを明らかにしたいだけだ。さんじゅあんを抹殺しようとしているのは、これまであやつを利用してきた者だ。たとえば、そなたを動かした者は誰だ？　さんじゅあんは牢にいるから、誰か別の者であろう。その者が、わしを殺させると同時に、さんじゅあんをも殺そうとしているとは考えられないか？」

「馬鹿な」

曲者が根岸に斬ってかかろうとするわきから、坂巻が剣を突き出してきた。

「坂巻。そなた、まだ、わしには勝てまい」

曲者の二つの剣が動いた。

坂巻も二刀流でそれを受ける。

都合四本の剣が、目まぐるしく交差し、打ち合っている。

五分と五分の戦いだった。

根岸が二人の対決に思わず見とれたとき、

「御前。ご無事で？」

宮尾が駆け込んできた。

宮尾は瞬時、坂巻と曲者の対決を見極め、

「坂巻、加勢！」

と、叫び、手裏剣を放った。

それは、曲者の右の太股に深々と突き刺さった。

「うっ」

曲者の身体が揺れ、その瞬間に坂巻の剣が曲者の右の手首を薙《な》いだ。

大刀がばたりと下に落ち、

「坂巻、斬るな」

根岸が叫んだが、曲者は素早く身をひるがえし、庭に出ようとした。

「宮尾。腹を切らせるでないぞ」

根岸はさらに叫んだ。

こう叫んだのが、ほかの死に方を選ばせてしまったかもしれないと、根岸はあとで悔やんだ。

宮尾がすぐにもう一本の手裏剣を、曲者の左の足に命中させた。

曲者は倒れ込みながら、持っていた刀で自分の首を薙いだ。小さな破裂のように、血しぶきが上がった。

「しまった」

根岸が呻いた。

「お師匠さま！」

坂巻の悲痛な声が上がった。

小田林蔵はなにも語らぬまま息を引き取った。

「まさか、わたしの師匠が闇の者になっていようとは」

坂巻はうなだれた。

「気に病むでない。そなたのせいではない。この者も、なにか悩みがあり、救いという罠に落ちたのだろうな」

根岸は慰めるように言った。

「御前。さんじゅあんの背後にさらに強大な敵がいるのでしょうか？」

宮尾が不安げに訊いた。

「強大かどうかはわからぬが、いままでにも闇の者に依頼する者はいたのだ。そやつらが動いたとわしは見るがな」

「はい、わかりました」

「これでさんじゅあんの計画が変わるとは思えぬ。つづけて警戒を頼むぞ」

根岸はそう言って、坂巻の肩を叩いた。

八

栗田は夢を見ていた。

双子の娘が見事に成長していた。栗田そっくりの娘だった。

背丈は六尺（約百八十二センチ）近く、しかもでっぷり肥っている。

双子は声をそろえて、

「あたしたち、相撲取りになるの」

と、言った。

「女力士に？　それはやめてくれ」

栗田は必死で頼んだ。

「なにがいけないの。父上だって相撲は好きでしょうよ」

双子はまた声をそろえて言った。

「だって、女力士になんかなったら、乳までさらして。回し締めて。あんなものにさせられるか」

「でも、もう、回しも買っちゃったし」

「ええっ！」

「四股名《しこな》もつけてもらったし」

「四股名まで！」

「あたし、東双子山」

「あたし、西双子山」

今度は別々に言った。そして、双子の娘たちは、栗田の目の前で、四股を踏み始めたのだった。

「うわぁ、勘弁してくれ！」

栗田が夢の中で叫ぶのと、

「大変だ。寿安が消えた！」

と、誰かが騒ぐのは同時だった。

大牢の中で囚人が騒いでいた。

寿安が消えた……？

「なんだと！」

栗田がはね起きた。

同時に、すぐ近くで寝ていた辰五郎、久助、梅次の三人も、寿安の寝床ににじり寄った。

寿安の姿はなかった。

「なに、寿安が消えただと！」

「どけどけ」

すぐに牢役人と小者たちがどっと飛び込んできた。

「貴様らは動くなよ」

栗田や辰五郎たちを後ろに退かせ、牢役人は寿安の布団を見た。

薄い布団である。汗で湿ったような臭いもある。

布団の上に着物はあった。

だが、それを着ていたはずの寿安の身体が消えていた。

「嘘だろう、おい」

栗田がすばやく囚人の数をかぞえた。
五、六、七……一人いない。
「ほんとに消えたぞ」

栗田は愕然として辰五郎を見た。

「信じられません」

辰五郎がつぶやいた。

そのわきで、久助と梅次が悔しそうに首を横に振った。

さんじゅあんが男二人とまだ薄暗い江戸の町を西に向かって小走りに駆けていた。

「うまくいったな」

嬉しそうに言った。

「はい」

わきにいた男がうなずいた。

「舟はどこだい？」

さんじゅあんが訊いた。

「すぐそこです」

竜閑川《りゅうかんがわ》にある主水河岸《もんどがし》である。

小舟が用意されていて、頬かむりした船頭がいた。

三人は急いでそれに飛び乗り、

「早く出してくれ」

さんじゅあんが言った。

「根岸肥前も間抜けだ。牢の中に何人も手下を入れておきながら、こうしてわたしが消えるのを防ぐことはできなかった」

「ふふふ」

もう一人の男も嬉しそうに笑った。

「根岸の悔しがる顔が見たいねえ」

さんじゅあんはよほど嬉しいらしく、歯を見せて笑った。

「もうじき、見られますよ。ただ、悔しがってはいませんが」

船頭が言った。

船頭は椀田豪蔵だった。ほかの二人は、町人に扮した坂巻と宮尾だった。

「え？」

さんじゅあんの顔を困惑が走った。

「生憎だったね。外で待っていたあんたの仲間は、すでにお縄にしたよ。あんたのしようとすることを、根岸さまは気づいていたのさ。あんたが牢から消えてくれたおかげで、わたしたちも無事に奉行所に移送できることになったってわけだ」

宮尾が嬉しそうに言った。

九

「あんたが消える方法というのを考えてみたのさ」

と、根岸は言った。

さんじゅあんは、すでに南町奉行所の牢の中である。いつもの笑みは消え、憔悴《しょうすい》していた。

「どうせ牢の中と、牢役人にも、あんたにたぶらかされたやつがいるんだろうとは思っていた」

「たぶらかされたのではない。真実に目覚めたのだ」

さんじゅあんは低い声で言った。

根岸はそれを無視し、

「あんたは夜明けのすこし前に、顔をちょっとつくり変え、いままで着ていた着物を脱いだ。そして、檻の中の仲間から渡された牢屋敷の小者の着物を着て、出入り口の近くにいた。仲間が寿安が消えたと騒ぎ出す。すぐに牢役人と小者が駆け込んでくる。あんたは小者の中にまぎれ、そして、手引きされたとおりに牢の裏口から出て来る。どうやら、わしが睨んだとおりだったようだな」

「ううう」

「かんたんな手妻だった。あんたのはみんなそれだ。鳩が生まれるやつなんて、わしだってできる。かつて、やはりあの牢屋敷から逃げた仏像庄右衛門《ぶつぞうしょうえもん》は、もっと大がかりなことをしたぞ」

「次はここから消えてみせる」

「それはどうかな。いまから、あんたには日夜いろんなことを思い出してもらう。問い質《ただ》したいことが山ほどあるのだ」

「どうせ知らないことばかりだ」

さんじゅあんは、強張ったままの顔でそっぽを向いた。

栗田たちが牢屋敷から引き返して来た。

「いやあ、驚きました」

牢屋敷にもどった宮尾玄四郎が、ほかにいるはずのさんじゅあんの仲間を洗い出すよう牢屋奉行に頼み、栗田たちを引き上げさせたのだった。

「うむ。驚かせて悪かった。大きな騙しごとをするときは、まず味方から騙さぬといけないのでな」

「だが、無事にこちらに持って来ることができてよかったです」

「さんじゅあんの予言のおかげさ。あやつがあのような計画を立ててくれなかったら、奉行所に移すのは難しかっただろう」

「いよいよ、闇の者の全貌を明らかにできますね」

栗田が嬉しそうに言った。

「だといいのだが」

根岸はそう甘くは見ていない。

十

「またお手柄だったって聞きましたよ」

小力《こりき》が嬉しそうに言った。

椀田は奉行所から役宅にもどったが、門の前を通り過ぎ、深川まで足を伸ばした。この数日、緊張する仕事がつづいて、小力の顔をちょっとだけでも拝みたくなったのである。

「誰に訊いたんだい？」

「椀田さまとごいっしょした岡っ引きですよ」

「ああ、あいつか」

さんじゅあんの移送のとき、深川の亀二郎《かめじろう》とかいった岡っ引きが手伝いに来ていたのだ。

「飛んで来た矢を椀田さまが手摑みにしたんだって。ほんとなんですか？」

「ああ。矢を摑む稽古はだいぶやったんでな」

「信じられないですよ」

「おいらには、あんたの可愛らしさのほうが信じられねえよ」

椀田は照れながらそう言った。

「まあ」

小力は笑顔で椀田の顔をのぞいた。

こんなことは言われ慣れていて、照れたりはしなくても、言われればやはり嬉しいといったくらいなのか。

「だから、な？」

「なにがです？」

「嫁になれって頼んでるだろ」

「あ」

小力はまた、いきなり手を合わせ、一言二言つぶやいた。

「流れ星か？」

「ええ。拝んだんですよ」

「明日もおまんまが食べられますようにってだろ？」

「今晩は違いますよ。椀田さまに心変わりがありませんようにって」

「え、それって、おめえ」

椀田は頬をつねりたくなった。ずっと小力をくどきつづけてきて、おそらく承知してくれる日はぜったい来ないだろうと、心のどこかでは思っていた。

「本気なんですか？」

「嘘は言わねえよ」

「椀田さま。ほんとにいいんですか。あたしみたいな女を嫁にして？　あたし、良妻になんかほど遠いと思いますよ」

「そんなことはわかってるよ。おいらはさ、亭主に尽くして、三歩下がって歩いてとかいう、絵に描いたような女に惚れたんじゃねえんだぜ。なにしでかすかわからねえ、ハラハラさせて、でも可愛くって、そういう女に惚れたんだ」

「芸者をつづけてもいいんですか？」

「かまわねえよ」

「あーあ。あたし、椀田さまを傷つけるかも」

小力は肩をすくめた。

「傷つける？」

「うん。ひどいこと言ったり、もしかしたら裏切ったり」

「したいのか？」

「したくないですよ。でも、人の気持ちって、自分でもわからないところがあるでしょ」

たしかにそうである。

「お奉行が言ってたってさ。傷もつかない人生のなにが面白いんだって」

「まあ」

椀田はあらためて自分の気持ちを確かめ、傷つくことも覚悟して、こう言った。

「かりそめのこの世をさ、おいらはあんたと手ェつないで歩きてぇなあって思ったのさ。たかだか残りあと三、四十年をさ」

十一

阿部播磨守は、最初にさんじゅあんが三十文の盗みで捕まったと聞いたとき、耳を疑った。そんなくだらぬことを、さんじゅあんがするわけがないと思った。

だが、よく考えると、いかにもしそうな気もしてきた。

——あのお人は、金のことなどどうでもいいのだ。

もちろん、大きなお金が人を動かすことは知っている。じっさいそういうことはしてきている。さらに、自分たちの楽土を得るためには、土地を買わなければならないことも知っている。

そのために集めた寄進の額は、莫大なものになるはずである。

だからといって、自分が金を欲しているわけではないのだ。

欲しいものはなに一つない——よく口にもするそのことは、わきで見ていてもよくわかる。身を飾ろうなどとは思わない。食いものも、稗《ひえ》や粥《かゆ》をすすっていてもかまわない。自分の家さえいらないらしく、信者の家の片隅に寝かせてもらっている。

死ぬまでそうした暮らしをつづけていくだろう。

それだからこそ、夕飯のそばの代金を、町の小悪党からいただいたのだ。半分は悪戯のようなおこないだったのだろう。

だが、さんじゅあんが捕まれば、これまでのさまざまな動きや、人脈について、明らかにされるかもしれないのだ。

たとえ、さんじゅあんは口にしなくても、その動きをたどることで、これまでつながってきた人間の名までわかってしまうだろう。

——さんじゅあんを根岸の手に委ねてはならない。

阿部播磨守は、じっさいさんじゅあんのことを慕っていた。その言動についても、理解し、尊敬し、信じてきた。

さんじゅあんが神とも仏ともつかない偉大なものについて語るとき、阿部播磨守はいままで聞いたあらゆる僧侶や神官の言葉より納得した。

さんじゅあん曰く——。

この世は一つではなかった。

目に見えているものはほんの一部だった。いや、目だけでなく、耳も鼻も、五官が感じるすべてでさえ、大宙《おおぞら》の一部だった。

だが、人の力はきわめて覚束《おぼつか》ず、大宙の凄さを実感することはできないのだった。

偉大なものの下では、あらゆるものが同列だった。人も犬も、蠅や蚊も、いっさいの山川草木《さんせんそうもく》も同じだった。

これまでの世にある神仏の教えは、すべてまやかしだった。

経典も詔《みことのり》も嘘っぱちだった。神社仏閣すべて砂上の楼閣だった。墓にもお札にも、魂は存在していないのだった。

だが、偉大なものはある。

わたしの前を歩いて行ったいえすさまも偉大だった。

そのいえすさまの足取りも、途中で絶えてしまった。

先の道はまだわからない。

だから、人はわからないものに祈りを捧げなければならない。

真摯に、謙虚に、祈らなければならない。

祈るということは、偉大な楽土を夢見ることだった。そこが魂の行くべきところだった。

俗と無知にまみれたこの世を生きてはならない。

この世の則《のり》に従ってはいけない。

それが幸せということだった。

すべては消え失せるだろう。

そして、その果てに、途方もない楽土は出現するだろう……。

だが、さんじゅあんが根岸の手に落ちれば、それはさんじゅあんがこの世の則に従わされるということだった。

——さんじゅあんは助けなければならない。

それができないとしたら、さんじゅあんを、早くあの世にお届けしなければならない。それは、さんじゅあんが阿部播磨守に、何度も語ってきたことだった。

——では、どうしたらよい……。

阿部播磨守は、必死でその方策を考え抜いた。

十一

次の朝、評定所の会議が紛糾した。

寺社奉行の阿部播磨守からとんでもない申し出があった。

「さんじゅあんの身柄は寺社方で預かりたい」

阿部播磨守はそう言ったのである。

「なんですと」

「根岸。同じことを言わせるな。さんじゅあんの身柄を渡せ」

「あの者は町奉行所で拘束した者。それをお取り上げなされば、無法というものです。いくら寺社奉行といえども、許されることではありますまい」

根岸は厳しい口調で言った。

「じつは、寺社方のほうで、さんじゅあんにまつわる大きな悪事が発覚した」

阿部播磨守は改まった口調で言った。

「寺社方で悪事ですと？」

「さよう。昨年おこなわれた寛永寺内の塔頭《たっちゅう》の建て替え工事の際、建設資金のうちの二千両がさんじゅあんに寄進されていたことがわかったのだ」

「そんなことが……」

「根岸。聞けば、町方がさんじゅあんを捕縛した罪は、わずか三十文の盗みという
ではないか」
「それはただのきっかけというもので」
「ただのきっかけから、無理やりほかの罪を押っかぶせるようなやり方を、幕府の
法令は認めておらぬぞ。それでは、裁きにおいて冤罪《えんざい》が次々に生まれることになる。
余罪の追及はあらためて証拠が上がってからでなければ許されぬ。それくらいのこ
と、そなたがわからぬはずはあるまい」
「なんと」
阿部播磨守はとんでもないところを突いてきた。
「引き渡すのが嫌なら、三十文の盗みの罪で早く裁くがよい。せいぜい叱りおく
らいのことだろうが。そのあとは、わしらが身柄を拘束する」
「そうはいきませぬ。さんじゅあんは牢破りを試みました。これは重罪です」
「それは違う。本来、防げた牢破りを、そなたが罠を張って誘導したのだ。なりゆ
きは聞いておる。無理やりに罪をつくるなよ、根岸」
「ううっ」
それは阿部播磨守の言うとおりなのだ。
まったくとんでもない横槍を入れてきた。阿部播磨守はよほど危機感を持ってい

るに違いない。おそらく、闇の者との関わりを探られたくないのだ。

「根岸どの。ここはいったん預けよう」

北町奉行の小田切土佐守《おだぎりとさのかみ》が小声で言った。

小田切とは北と南で敵対しているように誤解されることもあるが、けっしてそうではない。町奉行所の独立性が侵されそうになるときは、根岸とともに決然と戦ってきた。いまも、阿部播磨守の横槍には、業《ごう》を煮やしている気配である。

「だが、二千両の横領で、さっさと死罪にすることもできるのですぞ」

「そこは念を押そう。寺社方で刑が確定しても、かならずこちらに引き渡すようにと」

「しかし」

「さんじゅあんの裁きは長引きますぞ。北が担当のときも闇の者は動いています」

「たしかに」

「全貌を明らかにするまで、阿部の嫌がらせを受けつづけますか？　根岸どのの排斥にも奔走しますぞ」

「ううむ」

根岸が抱えるのは、さんじゅあんのことだけではない。日々、さまざまな面倒ごとが奉行所に殺到してくる。

「ここまで言って預かるのなら、ほかの方々の手前、そうでたらめはやれぬはず」

小田切の説得もあり、根岸はついに折れた。

だが、さんじゅあんにまつわる闇に、光を当てることを諦めるつもりは、露ほどもなかったのである。

終章　世はうつろ舟

一

さんじゅあんが死んだ。

その死については、後になってもずっと、

「始末されたのではないか」

という疑惑が語られつづけた。

だが、根岸《ねぎし》が調べた限りでも、さんじゅあんの死は間違いなく事故死だった。

評定所の会議で、阿部播磨守《あべはりまのかみ》の横槍に唖然とし、小田切土佐守《おだぎりとさのかみ》の忠告もあって、いったんはさんじゅあんの身柄を引き渡すことになったその日である。

さっそく南町奉行所には阿部播磨守が寄こした護衛の武士三十人が訪れ、さんじゅあんを駕籠に乗せ、動き出した。

そのとき——。

お濠端を突然、暴れ馬が駆けて来て、さんじゅあんが乗った駕籠に激突した。

駕籠は勢いで、お濠の土手を転がり落ちた。

「早く引き上げろ！」

周囲にいた者たちはすぐさま水に飛び込み、これを引き上げた。落ちてから、駕籠の中からさんじゅあんを助け出すまで、そう手間はかからなかったはずである。

だが、さんじゅあんはすでに息を引き取っていた。

腹を押すと、水も少し飲んでいたが、頭の骨も折れていた。溺死か打撲による死か、どちらとも言いかねるというのが、駆けつけた医者の診立てだった。

自身も足を運んで来ていた阿部播磨守はこの事態に周章狼狽《しゅうしょうろうばい》し、

「疑われても困る」

と、必死で弁明した。

たしかに、暴れ馬を駕籠に当てるなどというのは、狙ってできることではない。

しかも、この馬というのが、なんと元老中松平定信《まつだいらさだのぶ》の馬であった。定信が、流星と名づけた俊足の白馬を、上さまに献上しようと鍛冶橋《かじばし》御門まで曳いてきたとき、突然、セミが馬の目にとまり、驚いて暴走したのである。

これでは疑いようがなかった。

南町奉行所の眼前で起きたこの事故を、根岸も自分の目で確かめた。

ぐったりして、というより、なにかうんざりした気持ちで奉行所の中にもどった根岸に、

「お奉行。闇の者についての調べはここで終わりですか？」

と、栗田《くりた》が訊いた。

「いや、諦めはしない。今後も、信者たちに話を訊くなどはつづけてもらう。だが、あの者たちは、おそらくなにも知らないだろうな」

「あれが信者をあやつり、闇の者に仕立てあげた罪の大きさはわかります。だが、それほど悪いやつだったのでしょうか？」

椀田が首をかしげた。

「そんな気はせぬと？」

「ええ。たしかにふてぶてしいところもありました。嘘は巧みだったでしょう。だが、巨悪という感じがしないのです」

「周囲があれをじっさいよりも大きくしてしまったのだろうな」

「周囲が？」

「あやつのハッタリに騙され、偉大な者のように思い込み、それをまたあやつが受

け入れた。そうやって、最初は小石程度のものが雪だるまのように大きくなってい
った。あやつに頼ったりすがったりした者たちにも責任はあるだろう。だが、その
頼ったりすがったりした者たちのほとんどは、このせちがらい世の中について行け
なかったりする素朴で善良な者たちだったりする」
「面倒ですね」
「面倒だよ」
「だが、じっさいはたいした男でないから、つまらぬ罪で引っかかってきたのでし
ょうね」
椀田は寿安《じゅあん》を捕まえた晩のことを振り返るように、遠い目をした。
「そうだな。だが、椀田があの三十文の罪で捕まえなかったら、あの男をお縄にす
るのは大変だったかもしれぬ」
「椀田の手柄ですね」
と、宮尾《みやお》が言った。
「まったくだ。また褒美を出さないとな」
「いや、椀田はすでに凄い褒美を手にしましたから」
「おい、宮尾、よせ」
「なんだ、どうしたんだ？」

「小力《こりき》ちゃんと所帯を持つことになったんですよ」

宮尾がそう言うと、栗田と坂巻《さかまき》は、

「ほーっ」

と、椀田を見た。坂巻は羨ましそうである。

「それはまた、栗田が雪乃《ゆきの》を射とめたときも驚いたが、椀田もやるものだな」

「いや、まあ。宮尾の助太刀もありまして」

椀田は大きな身体を縮こまらせて照れた。

「闇の者は、これで消滅するのでしょうか？」

と、宮尾が訊いた。

「そんなことは夢のような話だろうな。自分にとって都合の悪い者を葬り去ろうとするのが闇の者。それは次から次に現われてくる」

「そうでしょうね」

「もしかしたら、闇の者は誰の胸の中にも棲んでいるかもしれぬ」

「わたしもそう思います」

いちばん闇の者がいそうにない坂巻もうなずいた。

「わしらに安息の日は遠い。まもなく、暁《あかつきほし》星右衛門《えもん》も江戸に出て来るしな」

そう言って、根岸は栗田や坂巻、椀田、宮尾を見回した。

二

さんじゅあんが復活した。

それはあくまでも噂だった。

だが、信者たちのあいだから、いくつもの証言が出てきていた。

朝、早くに、ひかりの村で畑を見回りに来た者が、さんじゅあんが丘の上で海を見ているところに出会った。

「さんじゅあんさま」

と、駆け寄ってひれ伏した男の頭に、さんじゅあんは静かに手を当て、

「わたしは死んでいない。たとえ死んだようになったとしても、わたしはすぐに甦る。それは七十七度繰り返されるだろう」

そうささやきかけたという。

江戸の者が、夜、仙台堀に沿った道を歩いていると、上之橋と海辺橋《うみべばし》のあいだに架かった橋の上にいたさんじゅあんが、

「もっと胸を張って歩くがよい。もっと笑顔で歩くがよい。それが楽土における歩き方だからだ」

と、言った。

言うとおりに歩き、しばらく行ってから振り返ると、さんじゅあんの姿はなかった。そもそも、上之橋と海辺橋のあいだに橋は架かっていないのだった。

さんじゅあんは、子どもたちが遊ぶなかにも現われた。貧しい長屋の子どもたちが近くの原っぱで、小石を蹴って遊んでいた。すると、一人の大人がやって来て、いっしょに遊んでくれた。

子どもたちはこの男と遊ぶと、なぜだかひどく楽しい気分になったのだという。

「わたしの名は、さんじゅあんというのさ。お前たちはやがて、わたしのことを伝える善き人となるだろう。お前たちはわたしの顔をよく覚えておくがいい」

男はそう言っていなくなった。

子どもたちは、初めて聞いた奇妙な名を、なぜかはっきりと覚えていた。

こうした話は数え切れないくらいだった。

このため、さんじゅあんの遺体がどうなったかを訊ねられることもあった。

さんじゅあんの遺体は、信者たちに引き渡されたのである。だが、遺体を引き取った信者たちは、その後、行方がわからなくなり、そのため遺体をどこに埋葬したかもわからなくなった。

安房のひかりの村に埋められたという説もあれば、日本橋の信者の家の裏庭に埋葬されたという説もある。

だが、遺体の行方がわからないからといって、あのときさんじゅあんが死んだことは、多くの者が確かめたことだった。

こうした数多くの噂について、根岸はその真相を解き明かそうとはしなかった。きりがなくなるのはわかり切っていたからである。

ただ、自らがこの噂の伝播《でんぱ》に協力するつもりはなかった。だから、人々が目にする『耳袋』には、さんじゅあんの件についてはいっさい書かれていない。

三

まりやは、海をさまよっていた。さんじゅあんが乗るはずだったあの奇妙な舟に乗っていた。

——さんじゅあんはもう来ないのだろう。

まりやは、さんじゅあんの死を伝えられてはいなかった。

それでも、なにかあったことは、薄々感じ取っていた。

——なんだったのだろう、あの男は。

まりやは潮風になぶられながら、たえずあの男のことを思った。

さんじゅあんに会ったのは、五年ほど前のことである。

あのころ、すべてのことに絶望していた。父親によって吉原に売られ、途中、浅草のやくざの親分に落籍《ひか》され、その親分は縄張り争いで殺された。

残された小金で小さな小間物屋をやろうと思ったら、信頼していた男に金を持ち逃げされた。もう一度、苦界《くがい》に身を落とすしかないかというとき、あの男に出会ったのである。

「不幸そうな顔をしているね」

と、話しかけてきた。

「話を聞いてやろう」

そうも言った。

さんじゅあんを初めて見たときは、

――うさん臭い男……。

と、思ったものだった。人たらしの技はいろいろ持っている。だが、なぜかさんじゅあんという男に真摯なところや一途な思いを感じなかった。

だが、そもそもこの世というところが、うさん臭いところなのだ。

まりやはあらゆるきれいごとが信じられなくなっていた。親子の情愛だの、男女の誓いだの、武士の忠義だの、商いの誠実だのが、どれもこれも嘘っぱちに思われた。

一瞬は、それらが真実であったりするのかもしれない。たとえば子ども。

赤ん坊はかわいい。愛しくて、この子のためならなんでもしてあげたいと思う。だが、子どもが成長するにつれ、自分の都合で叱ったり、身勝手な親の夢を押しつけたりする。純粋だった情愛はやがて汚れてしまう。

皆、自分がいちばんかわいい。それを認めたくないから、きれいごとやら屁理屈を並べ立てる。この世はそればっかり。

さんじゅあんもそれは言っていた。

「嘘だらけのこの世だけど、それでもいっしょに幸せになろうよ」

さんじゅあんはそう言った。

「いっしょに遊ぼうよ」

とも言った。

「なにして遊ぶの？」

「神さまと遊ぶのさ」

「神さまと遊ぶ？」

「そう。わたしは神の子。この世の真実を告げ、最後は神によって救われると説く。お前はまりや。やがて、わたしとのあいだに生まれる神の母になる女だ」

そんなことまで言った。

ただのホラ吹き？　夢見る男？

だが、世や人は、いつもホラとか夢を求めているのではないだろうか。

ホラとか夢がなかったら、人は獣や虫と同じになってしまう。

飯食って、糞たれて、夜やるだけ。

いや、よく見れば、獣や虫だって、妙なことをする。獣や虫にだって、あいつらなりのホラとか夢があるのかもしれない。

そうだ。たぶん世にある者は、皆、ホラとか夢を求めている。

あの男は、ちょっと変わったホラを吹いてくれたのだ。

それを欲しがる者がこの世にはいっぱいいたってことだろう。

――さんじゅあんにまた会いたい。

と、まりやは思った。うさん臭くても、ホラ吹きでも、さんじゅあんはまりやにとってやはり魅力的な男だった。

まれにさんじゅあんの仲間を抜けて行く者が、

「あの人には裏の部分がある。闇を抱えている。怖い人だぞ」

そう言い捨てていった。
・そんなことは、さんじゅあんがいつも言っていただろうと思った。さんじゅあんは、自分だけがきれいだなんて一言も言っていない。それは皆が勝手に誤解しているだけ。

さんじゅあんは、ちっぽけな一人の男。弱くて、こずるくて、嘘つきで。だからこそ、いっしょにいようよ、いっしょに遊ぼうよと言いつづけたのではないか。

「この世は大きなうつろ舟」

さんじゅあんはそうも言った。

虚しくて、取りとめがなくて、寂しい舟。つらく、切ないことばっかり。

だからこそ、夢を見ようよ。幸せを夢見ようよ。

いまも、さんじゅあんのささやきが聞こえる気がした。

まりやは箱を手にしていた。

中になにが入っているかは、まりやもわからなかった。

ただ、さんじゅあんと会えなくなってしばらくしたころ、まりやの腹が腫れ、寝ついたときがあった。

ひどい熱が出て、腹が痛んだ。

何日かして目を覚ましたとき、枕元にこの箱があった。

「大事に持っておくべきだ。いつかさんじゅあんさまに会う日のために」

まりやの面倒を見てくれた女はそう言った。

だから、まりやはこの箱を決して開けなかった。

ただ、この箱をわきに置いて眠ると、まりやはいつも、羽根が生えた赤子の夢を見るのだった。

この小説は当文庫のための書き下ろしです。

編集協力・メディアプレス

文春文庫

耳袋秘帖《みみぶくろひちょう》　妖談《ようだん》うつろ舟《ぶね》

定価はカバーに
表示してあります

2014年2月10日　第1刷

著　者　風野真知雄《かぜのまちお》
発行者　羽鳥好之
発行所　株式会社　文藝春秋

東京都千代田区紀尾井町 3-23　〒102-8008
TEL 03・3265・1211
文藝春秋ホームページ　http://www.bunshun.co.jp
落丁、乱丁本は、お手数ですが小社製作部宛お送り下さい。送料小社負担でお取替致します。

印刷・凸版印刷　製本・加藤製本

Printed in Japan
ISBN978-4-16-790028-1

文春文庫　書きおろし時代小説

（　）内は解説者。品切の節はご容赦下さい。

井川香四郎
福むすめ
樽屋三四郎　言上帳

貧乏にあえぐ親が双子の姉妹の姉だけ吉原に売った。長じて再会した時、姉は盗賊の情婦だった。「吉原はつぶすべきです！」庶民の幸せのため奉行に訴える三四郎。熱いシリーズ第5弾。

い-79-5

井川香四郎
ぼうふら人生
樽屋三四郎　言上帳

川に大量の油が流れ出た！　大打撃を受けた漁師たちが日本橋の樽屋屋敷に押しかけた。被害を抑えようと、率先して走り回る三四郎だったが、そんな時——男前シリーズ第6弾。

い-79-6

井川香四郎
片棒
樽屋三四郎　言上帳

富籤で千両を当てた興奮で心臓が止まった金物屋。死体を運ぶことになった駕籠かきの二人組は事件に巻き込まれる。金のために人を殺めるのは誰だ？　正念場のシリーズ第7弾。

い-79-7

井川香四郎
雀のなみだ
樽屋三四郎　言上帳

銅吹所からたれ流される鉱毒に汚された町で体調不良に苦しむ町人。「こんな雀の涙みたいな金で故郷を捨てろというのか！」大規模な問題に立ち向かう三四郎。シリーズ第8弾。

い-79-8

風野真知雄
耳袋秘帖
妖談うしろ猫

名奉行根岸肥前守のもとに、伝次郎が殺されたとの知らせが入る。下手人と目される男は「かのち」の書き置きを残して、失踪していた。江戸の怪を解き明かす新「耳袋秘帖」シリーズ第一巻。

か-46-1

風野真知雄
耳袋秘帖
妖談かみそり尼

高田馬場の竹林の奥に棲む評判の美人尼に相談に来ていたという女好きの若旦那が、庵の近くで死体で発見された。はたして尼の正体とは。根岸肥前守が活躍する、新「耳袋秘帖」第二巻。

か-46-2

風野真知雄
耳袋秘帖
妖談しにん橋

「四人で渡ると、その中で影の消えたひとりが死ぬ」という「しにん橋」の噂と、その裏にうごめく巨悪の正体を、赤鬼奉行・根岸肥前守が解き明かす。新「耳袋秘帖」シリーズ第三巻。

か-46-3

（　）内は解説者。品切の節はご容赦下さい。

風野真知雄
耳袋秘帖
谷中黒猫殺人事件

美人姉妹が住む谷中の〝猫屋敷〟で殺しが起きた。以前、姉妹が遭遇し、火付盗賊改の長谷川平蔵が処理した押し込みの一件との関わりとは？　「殺人事件」シリーズ第五弾。

か-46-13

風野真知雄
耳袋秘帖
両国大相撲殺人事件

有望だった若手力士が、鉄砲、かんぬき、張り手で殺された。それらは、江戸相撲最強力士の呼び声が高いあの雷電の得意技だった……。「殺人事件」シリーズ第六弾。

か-46-14

風野真知雄
耳袋秘帖
新宿魔族殺人事件

内藤新宿でやくざが次々に殺害された。探索の過程で浮かび上がってきた「ふまのもの」とは、いったい何者なのか。根岸肥前が仕掛けた一世一代の大捕物、シリーズ第七弾！

か-46-15

風野真知雄
耳袋秘帖
麻布暗闇坂殺人事件

坂の町、麻布にある暗闇坂――大八車が暴走し、若い娘が亡くなった。坂の上には富豪たち、坂の下には貧しき者たちが集う「天国と地獄」で、あやかしの難事件が幕を開ける！

か-46-16

風野真知雄
耳袋秘帖
人形町夕暮殺人事件

日本橋人形町で夕暮れどきに人が殺された。現場に残された鍵は五寸の「ひとがた」。もう一つの死体からも奇妙な人形が発見されて……。根岸肥前が難事件に挑むシリーズ第九弾！

か-46-18

風野真知雄
耳袋秘帖
神楽坂迷い道殺人事件

神楽坂で七福神めぐりが流行るなか、石像に頭を潰され〈寿老人〉が亡くなった。一方、奉行所が十年追い続ける大泥棒が姿を現す。根岸肥前が難事件を解決するシリーズ第十弾！

か-46-19

風野真知雄
耳袋秘帖
王子狐火殺人事件

王子稲荷のそばで、狐面を着けた花嫁装束の娘が殺され、祝言前の別の娘が失踪した。南町奉行の根岸鎮衛は、手下の栗田と坂巻と共に調べにあたるが。「殺人事件」シリーズ第十一弾。

か-46-5

風野真知雄
耳袋秘帖
佃島渡し船殺人事件
年の瀬の佃の渡しで、渡し船が正体不明の船と衝突して沈没した。栗田と坂巻の調べで渡し船に乗り合わせた客には、不思議な接点があることがわかる。「殺人事件」シリーズ第十二弾。
か-46-6

風野真知雄
耳袋秘帖
日本橋時の鐘殺人事件
「時の鐘」そばの旅籠で、腹を抉られて殺された西右衛門が見つかり、生前に西右衛門を恨んでいた鐘の撞き師が疑われる。「殺人事件」シリーズ第十三弾。
か-46-12

風野真知雄
耳袋秘帖
木場豪商殺人事件
強引な商法で急激にのし上がった木場の材木問屋。その豪商がつくったからくり屋敷で人が死んだ。手妻師、怪力女、〝蘇生した〟寺侍が入り乱れ、あやかしの難事件が幕を開ける！
か-46-17

指方恭一郎
麝香《じゃこう》ねずみ
長崎奉行所秘録　伊立重蔵事件帖
次期奉行の命で、江戸から一人長崎の地に先乗りした伊立重蔵。そこで目にしたのは「麝香ねずみ」と呼ばれる悪の一味に蝕まれた奉行所の姿だった。文庫書き下ろしシリーズ第一弾！
さ-54-1

指方恭一郎
出島買います
長崎奉行所秘録　伊立重蔵事件帖
長崎・出島の建設に出資した25人の出島商人。大きな力を持つ彼らの前に26人目を名乗る人物が現れた。そこには長崎進出を目論む江戸の札差の影が――。書き下ろしシリーズ第二弾。
さ-54-2

指方恭一郎
砂糖相場の罠
長崎奉行所秘録　伊立重蔵事件帖
長崎では急落している白砂糖が、大坂で高騰している！　謎の相場を、長崎奉行の特命で調査する伊立重蔵の前では、不審な殺人事件が次々に起こる――。好調の書き下ろしシリーズ第三弾。
さ-54-3

指方恭一郎
奪われた信号旗《しんごうばた》
長崎奉行所秘録　伊立重蔵事件帖
外国船入港を知らせる信号旗が奪われた。伊立重蔵は現場・小倉藩への潜入を決意する。そんな折、善六は博多、吉次郎は下関へ旅立つことに……。九州各国を股に掛けるシリーズ第四弾。
さ-54-4

（　）内は解説者。品切の節はご容赦下さい。

文春文庫　最新刊